몇 번 산책하면
헤어지는지 아는 강아지

몇 번 산책하면 헤어지는지 아는 강아지

류연웅 장편소설

차례

1장　베리 … 007

2장　새로운 집 … 021

3장　유나 … 034

4장　유혹의 간식 … 043

5장　히키코모리의 산책 … 051

6장　자유의 반대편 … 068

7장　'0' … 079

8장　강아지를 키운다는 것 … 088

9장　밀린 답장 … 111

10장　카운팅 … 121

11장　너를 위한 산책 … 143

12장　꿈 … 159

작가의 말 … 171

1장

베리

 제목 그대로다. 베리는 몇 번 산책하면 헤어지는지 아는 강아지다. 베리만이 아니다. 모든 강아지는 인간의 얼굴을 보고 주문을 외우면 그와 몇 번의 산책을 더 하는지 알 수 있다. 어느 순간부터 신이 만든 특별한 배려였다.

 그러니까 지금 이 유기견 보호소에 울려 퍼지는 개 소리들은 사실 주문을 외는 소리다. 진돗개 떨떨이, 믹스견 맥스, 포메라니안 하루, 그 외에 앞으로 달려 나온 강아지들은 모두 울타리 너머의 아주머니를 보며 짖었다.

이윽고 아주머니 머리 위로 숫자가 떴다. 각자의 숫자를 본 강아지들은 더욱 격렬하게 소란을 피웠다. 꼬리를 흔드는 건 기본이고, 울타리를 혓바닥으로 핥는 녀석까지 있었다. 보호소 직원이 손바닥을 들어 올리며 진정시키려 했지만 소용없었다. 녀석들은 낯선 존재에 대한 경계나 울타리 생활에 대한 답답함이 아닌 새로운 만남을 향한 설렘으로 짖어댔다.

"원래 이 정도로 흥분도가 높은 애들은 아닌데, 갑자기 왜 이러는지 모르겠네요."

"산책을 못 해서 그런 거 아닐까요?"

"그건 아닐 거예요. 아침에 봉사자 분들이랑 다녀왔거든요."

"그럼 내가 싫어서 짖는 건가? 하하."

아주머니는 가볍게 웃으며 말했다. 별 뜻 없는 농담 한마디에 직원은 긴장했다. 혹시나 입양을 하지 않고 돌아가면 어쩌나. 개들이 가족을 찾을 기회는 흔히 오지 않는다. 몇 년 새 유기견 입양에 대한 인식이 좋아졌다고는 하나, 입양 책임비에 대해 말하면 태도가 달라지는 경우가 숱했다. 이번에는 부디 그러지 않기를 바라며 직원은 사무실 문을 열었다.

두 사람이 시야에서 완전히 사라지고 나서야 강아지들은 울타리에서 물러났다. 이윽고 강아지들의 토의가 시작됐다. 입양자가 올 때마다 자연스럽게 이루어지는 절차였다. 방금 사무실로 들어간 저 인간은 좋은 보호자일까? 그것을 판단하는 기준은 간단했다.

'나를 데려갔을 때 몇 번이나 산책시켜 줄 인간인가?'

강아지들은 각자 확인한 숫자를 공유했다.

─나는 '1432'야!

─야호, 내가 더 많다!

─뭐야! 난 '1004'인데! 왜 내가 제일 적은 거야!

─넌 몸이 크잖아. 유모차도 못 탈 거 아니야.

─그게 무슨 상관인데!

모든 강아지의 숫자가 천을 넘는 보호자는 올해 들어 처음이었다. 그러니 훈훈하게 시작됐던 토의가 점점 경쟁으로 변해갔다. 서로 '내가 입양되고 싶다'는 마음이 은근히 드러났다. 보호소 직원들이 잘 보살펴주고, 맛있는 간식을 준다 해도 이곳은 집이 아니니까. 설명해주는 이가 없어도 강아지들은 본능적으로 그것을 알고 있었다.

물론 모든 강아지가 그런 건 아니었다.

―근데 나 지금 너무 좋아아.

띨띨이가 헤벌쭉 웃으며 말다툼 중인 강아지들 사이로 끼어들었다.

―나 어릴 때는 혼자 인간들 관찰했는데, 이제는 다 같이 하고 있네에. 이렇게 고르고 저렇게 고르다 보면 또 좋은 사람이 나오겠지이. 이번에는 누구를 만나게 될까아.

―그래봤자 뭐해, 또 버려질 텐데.

순간, 강아지들의 꼬리가 뚝, 하고 일제히 멈췄다.

―무슨 말이야아.

―인간한테 우리는, 그냥 쓰다 버리는 물건이잖아.

―왜애애?

―그렇게 정해져 있으니까.

―언제에?

띨띨이가 말귀를 못 알아들어도, 베리는 개의치 않았다. 인간과 강아지는 종이 다르다고. 그러니 소통할 수 없다고.

베리가 한마디, 한마디 할 때마다 강아지들의 꼬리는

축 처졌다.

ㅡ근데 그 얘기를 지금 왜 하는 거야아?

떨떨이의 휜 꼬리만 빼고.

ㅡ…….

베리는 대답하지 않았다. 그게 다른 강아지들에게 공포로 다가왔다.

ㅡ어떡해, 화났나 봐.

ㅡ달려드는 거 아니야?

ㅡ떨떨이 머리 물리면 더 떨떨해질 텐데…….

곳곳에서 수군거리는 소리가 들려왔다. 더 큰 문제가 생기기 전에, 기분이 안 좋아 보이는 저 친구의 속을 알아봐야 했다.

이윽고 믹스견 맥스가 앞으로 나섰다.

ㅡ너, 아까 그 인간이 마음에 안 들어? 몇 번 나왔는데?

ㅡ뭘 몇 번 나와.

ㅡ산책 숫자 있잖아. 까먹었어?

ㅡ그딴 거 확인 안 해.

ㅡ안, 안 한다고?

맥스가 당황하자, 베리는 더욱 기세등등해졌다.

─내가 아까부터 너희들 다 지켜봤지. 좋다고 꼬리 흔들어 대던데, 그럴 시간에 허리나 한번 더 펴라. 평생 많아 봐야 몇백 번 산책시켜 주는 게 대체 뭐가 좋냐?

─천 번이 넘던데?

─……그래?

─너도 한번 해봐.

─잠깐. 네가 말하는 산책이 뭔데? 같이 나와 놓고는 휴대폰만 하는 인간 앞장서는 거? 뭐 좀 해보려고 하면 줄이나 잡아당기고 안 된다고 하는 거? 그러다 적당히 시간 지나면 그냥 돌아가는 거?

그 모든 말을 정리하는 결론은 하나였다.

─난 인간이 산책 보내준다고 해도 안 갈 거다. 앞으로 그럴 일도 없겠지만.

베리는 왼쪽 뒷다리를 들어 떨떨이의 앞다리에 살짝 마킹을 하고는 자신의 쿠션으로 돌아갔다.

떨떨이는 좌우로 몸을 털며 다른 친구들에게 물었다.

─근데 쟤 누구야아?

─털지 마!

물론 그 목소리는 사무실 문이 열리는 소리에 묻혔다.

떨떨이는 방금 했던 질문도 잊고, 보호소 직원과 아주머니를 바라봤다. 다른 강아지들도 마찬가지였다. 다 함께 울타리 앞에 섰지만, 아까처럼 짖지는 않았다.

"금세 조용해졌네요."

"그렇죠, 착한 아이들이에요."

강아지들은 사이좋게 일렬로 서 있었다. 자기들끼리 규칙을 정한 것처럼 보이는 모습에 아주머니는 웃음이 나왔다. 다들 이 환경에 잘 적응하고 있는 듯했다. 마음 같아서는 이대로 모든 강아지들을 데려가고 싶었지만, 그만한 집을 갖추지 못하고 있을뿐더러 딸과 함께 키울 강아지를 찾고 있는 입장이었기에 더욱 신중해야 했다.

그때, 한 강아지가 눈에 뜨였다.

저만치에서 혼자 동떨어진 채 누워 있었다.

"혹시 쟤가 공원에 버려졌다는 아이인가요?"

"공고문 보셨군요."

이틀 전, 호수공원에서 구조되었다는 아이. 이동 장에 갇힌 채 버려졌다고 했지. 발견 당시에는 이동 장이 옆으로 넘어가 있었다고.

"아마도 안에서 버둥거리다 쓰러진 거겠죠. 자길 버린

사람을 어떻게든 따라가려고요."

 짖거나 소리를 내지도, 미동도 않은 탓에 베리는 며칠이나 그대로 방치되었다. 만약 조금만 더 늦게 발견됐다면 목숨이 위험할 수도 있는 상황이었다. 베리도 그 사실을 알았는지 구조된 이후로 줄곧 겁에 질려 있었다. 다른 강아지들이 다가가도 피하기만 했다.

"가방 안에 편지랑 현금이 들어 있었다면서요······."

"맞아요. 차마 못 올렸는데, 삼만 원이었어요. 참 우습죠."

"혹시 편지에는 뭐라고 적혀 있었나요? 아, 여쭤보면 안 되려나요?"

 아주머니가 아차, 하며 직원을 바라봤다. 직원은 괜찮다는 듯 눈짓하며 대답했다.

"별 내용은 아니고요. 죄송하다, 이제 막 한 살이 된 강아지인데 사정이 여의치 않아서 잘 부탁드린다, 그렇게 적혀 있었어요."

"그런 놈들은 다 벌받아야 하는데······."

 혼잣말하던 아주머니가 이내 보호소 직원을 바라보며 말했다.

"법적으로도 뭐 있지 않나요?"

"벌금 있는데요. 고작 삼백만 원 정도예요."

"공원이면 CCTV도 있을 테니 누군지 찾아낼 수 있을 것 같은데……."

"예전엔 저도 제보 들어오면 경찰에 신고부터 했는데요. 이제는 그래서 뭐하나 싶더라고요. 그런다고 그 인간이 달라지는 게 아니잖아요. 벌금 내고 끝인 거지. 애한테 진심으로 용서를 구하고, 다시 데려가는 것도 아니니까……. 그냥 저는, 애들한테 더 잘해주려고요."

베리라는 강아지는 계속해서 눈을 감고 있었다. 꼬리가 삐죽 튀어나오지 않도록 몸을 둥글게 말고 있는 게 불편해 보였다. 답답할 것 같은데 계속 그러고 있는 모습에 마음이 쓰였다.

저 아이는 원래부터 저랬을까. 아니면 무슨 일이 있었던 걸까.

다른 강아지들이 신나서 울타리를 쾅쾅 두드리는 동안에도 아주머니의 궁금증은 꼬리를 물며 이어졌다. 그리고 마침내 결심했다는 듯 말했다.

"저 아이를 데려가도 괜찮을까요?"

"네!"

보호소 직원은 기뻐하며 박수를 치더니 곧장 울타리를 열고 안쪽으로 들어갔다. 주변의 소란에도 베리는 가만히 웅크린 채 움직이지 않았다. 그저 눈을 감고 차라리 잠에 들면 좋겠다고 생각했다.

하지만 잠이 오질 않았다.

하는 수 없이 세상과 자신을 연결하는 스위치를 꺼버렸다고 상상하며 아무런 소리에도 집중하지 않으려고 했다. 보호소 직원의 손길에도 반응하지 않았다.

"베리야, 일어나야지."

하지만 이름을 불리는 순간 꼬리가 자동으로 살랑거리고 말았다. 자기도 모르게, 습관처럼. 당황한 베리는 눈을 번쩍 떴다. 다른 강아지들이 미묘한 표정으로 자신을 바라보고 있었다. 황급히 몸을 돌려 꼬리를 숨기려 했으나, 그럴 필요가 없어졌다.

"친구들에게 인사하자."

직원이 베리를 안아 올리곤 베리의 왼손을 잡고 흔들었

다. 의외의 결과였던 탓에 질투하거나 부러워할 틈도 없었다. 개들은 그저 닭 쫓던 개처럼 베리를 멍하니 올려다봤다.

그중 떨떨이만 꼬리를 살랑거리며 물었다.

―근데 쟤 진짜 누구야아?

*

베리는 운전석에 앉아 있는 아주머니를 물끄러미 바라봤다. 어느새 새 옷을 입고 리드 줄까지 찬 상태였다.

어안이 벙벙했다.

신에게 세상에 대한 얘기를 듣다가 갑자기 눈을 떠보니 태어나 있던 것처럼. 엄마 젖을 떼기도 전에 갑자기 펫 숍으로 보내진 것처럼. 평생 유리 장 안에서 살아야 하는 걸까 싶을 때 갑자기 민수가 나타난 것처럼. 갑자기, 생애 두 번째 보호자가 생길 판이었다.

'좋은 인간일까.'

베리는 그런 생각을 하고 있는 스스로에게 놀랐다. 인간을 필요로 하는 강아지들을 실컷 비웃어줬기에, 궁금해하면 지는 거라고 생각했다. 그럼에도 궁금한 건 어쩔 수 없었지만.

당장이라도 주문을 외워 숫자를 확인하고 싶었다. 하지만 앞서 뱉은 말이 있었기에 그러지 못하고 혼자 끙끙댔다. 보호소에서 한참 멀어졌는데도 베리는 여전히 그 생각뿐이었다.

고민 끝에 베리가 내린 결론은 이러했다.

인간을 궁금해하는 게 아니다. 아주머니가 좋은 인간일 거라고 기대하는 것도 아니다. 그저 나쁜 인간인지 아닌지 확인해보려는 것뿐이다. 일종의 생명체적 본능이랄까?

베리는 조심스럽게 주문을 외웠다.

"……월."

그것을 강아지어로 번역하면 아래와 같다.

─……도기도기총총.

하늘에서 네모난 상자가 내려왔다. 이리저리 날아다니다가 자동차 유리창을 통과해 아주머니의 머리 위에 멈췄다. 그건 주문을 외운 베리의 눈에만 보였다. 상자에서 들려오는 카운트다운 소리도 오직 베리만 들을 수 있었다.

상자 속 숫자는 빠르게 올라갔다. 두 자리에서 세 자리가 됐다. 멈추지 않고 계속해서 늘어났다.

그러는 사이 자동차가 신호에 걸렸고, 운전대를 잡고 있던 아주머니의 손이 베리의 머리로 향했다.

"너도 짖을 줄 안다는 거야?"

거친 손이 시야를 가렸다. 베리는 짜증이 났다. 숫자를 가린 것뿐만 아니라, 아직 경계심이 풀리지도 않았는데 다짜고짜 머리를 만지는 게 마음에 들지 않았다.

'역시 인간들은 함부로 대한다니까.'

하지만 그런 툴툴거림은 아주머니의 머리 위에 떠 있는 숫자를 보고 멈춰버렸다.

'1234'

민수를 처음 만난 날이 떠올랐다. 그때 민수의 머리 위에 떠 있던 숫자는 세 자리였다. 베리는 민수와 함께 많은 산책을 할 미래를 기대했다. 너무 어리고 순수했던 때였다. 앞으로는 절대 인간을 믿지 않겠다고 다짐하고 또 다짐했는데……

이번엔 세 자리도 아니고 무려 네 자리였다.

저 정도면 평생 함께하는 게 아닐까? 민수는 대략 일주일에 두 번 정도 산책을 시켜줬으니까, 저 숫자면……. 아니, 그보다는 부지런하다고 계산하고 이틀에 한 번이라고 치면……. 에이, 모르겠다. 적어도 추운 계절이 세 번 정도는 지나가겠지.

"좋아, 얌전히 있어야지."

아주머니의 오른손이 다시 운전대를 잡았고, 자동차는 앞으로 나아갔다. 베리는 모르는 베리의 진짜 두 번째 보호자를 만나러 가는 길이었다.

2장

새로운 집

덜컹거리는 소리에 베리는 눈을 떴다. 아주머니가 뒷좌석에서 무언가를 정리하고 있었다. 파란색 켄넬이었다. 베리를 깨운 건 그 안에서 쿠션과 사료 봉지를 꺼내는 소리였다.

소리가 꽤 컸다고 느꼈는지 아주머니가 고개를 돌려 베리를 확인했다. 잠에서 깬 베리와 아주머니의 눈이 마주쳤다.

"깼어? 아이고, 잘 일어났네."

아주머니는 켄넬 문을 닫고 운전석으로 이동했다. 그사

이 베리는 고개를 홱 돌렸다. 방금 눈을 마주쳤으면서 못 본 척 열심히 시선을 피했다. 그렇다고 자신을 향해 쭉 뻗어 오는 아주머니의 손을 막을 수는 없었다.

"잠깐 놀고 있어잉."

아주머니는 베리를 번쩍 들어 차 밖에 내려놓았다. 까끌까끌한 아스팔트 바닥의 촉감이 남아 있던 잠을 깨웠다. 베리는 기지개를 켰다. 밖으로 나오니 기분이 좋았다. 상쾌한 풀 냄새도 났다. 하지만 냄새를 따라가려던 순간, 몸이 획 당겨졌다.

베리의 몸에 채워진 줄이 아주머니의 손목까지 연결돼 있었다.

언제나처럼 인간의 허락 없이는 마음대로 갈 수 없는 운명이었다. 새로운 장소에서도 익숙한 상황이 펼쳐지자 베리는 흥이 식었다.

"그래, 산책 가자. 휘이, 휘이."

아주머니가 줄을 느슨하게 바꿔 잡고 당겨도 베리는 움직이지 않았다. 리드 줄이 싫어서거나 낯선 장소가 두려워서는 아니었다. 보호소에서 그랬듯 세상과 자신을 연결하는 스위치를 꺼버린 것이었다. 그래봐야 멀쩡히 숨은 쉬고 있었지만.

이윽고 아주머니가 베리를 켄넬 안으로 밀어 넣었다. 작은 쇠창살이 베리의 시야를 가렸다. 켄넬이 덜컹거리며 흔들렸다. 그 너머로 보이는 세상도 함께 흔들렸다.

바닥에서 볼 때는 민수가 살던 곳과 비슷하다고 생각했는데, 조금 위에서 내려다보니 군데군데 다른 점이 많았다. 낮고 붉은 벽돌 건물이 대부분이던 민수의 동네와는 달리 건물이 높게 뻗어 있었고, 길도 훨씬 넓었다. 베리는 조용히 그 모든 걸 지켜봤다. 엘리베이터를 타고도 별다른 감상은 들지 않았다. 민수가 살던 곳에는 없던 공간이었지만, 새롭다거나 낯설다거나 하는 감정은 들지 않았다.

"자, 이제 들어간 건데 베리가 많이 반겨줘. 응? 알겠지?"

아주머니가 문을 열자 이내 젊은 여자의 목소리가 들려왔다.

"왜 이렇게 갖고 와, 반찬 안 먹는다니까."

"너 집에만 있잖아."

"요즘은 시키면 다 와."

"비싸잖아."

"내가 진짜 다 알아서 해. 저건 또 뭐야?"

"눈치는 빨라 가지고. 마지막에 보여주려고 했는데……."

베리는 자신의 몸이 붕 떠오르는 걸 느꼈다.

"뭐야, 무섭게."

"인사해, 베리야."

켄넬이 잠시 덜컹거리더니 창살 너머로 낯선 얼굴이 보였다. 베리와 유나의 눈이 처음으로 마주치는 순간이었다. 그리고 베리의 꼬리가 정확히 세 번 흔들렸다. 처음에는 이름을 부르는 소리를 듣고 반사적으로 흔들렸고, 다음에는 보호소보다 따듯하고 안락한 집의 온도를 느끼고 흔들렸으며, 마지막으로는 그 집의 주인인 유나와 눈이 마주치고 흔들리다가…… 멈췄다.

반겨주길 기대하진 않았지만 이 정도로 싸늘할 줄은 몰랐다.

저런 표정을 지을 거면 왜 데려왔을까. 물론 저 여자가 데리고 온 건 아니긴 했지만, 그래도 첫 만남인데 입꼬리라도 살짝 올려줄 수 있지 않나. 하지만 지금 유나의 입꼬리는 베리의 꼬리처럼 축 처져 있었다.

"베리……라고?"

"그렇다곤 하는데, 새 이름 지어줘도 되고."

"엄마, 강아지 키우게?"

"너 키우라고 데려왔지."

"뭐?"

"버려진 애였대. 저 건너편에 유기견 보호소 알지?"

굳이 눈을 감거나 꼬리를 바짝 세우진 않았다. 어차피 켄넬 안에 갇혀 있는 상황이었다. 베리는 그저 푸우, 하고 한숨을 내신 뒤 유나를 향했던 시선을 돌렸다. 기분 나쁜 티를 내고 싶었다.

하지만 유나는 베리에게 관심을 보이지 않았다. 아니, 정확히 말하면 그럴 새가 없었다. 엄마와 말다툼하기 바빴다. 처음에는 유나가 큰소리를 치고 아주머니가 타이르는 식이었지만, 점점 아주머니의 목소리도 높아지더니 이제는 대놓고 다투는 것이었다.

"너 저번에 왔을 때 왜 그런 말했어. 죽고 싶다고 했잖아. 뭐, 아나운서도 되고 싶고, 대학도 졸업하고 싶고, 강아지도 키우고 싶었다고 말하면서……."

"말이 그런 거였지."

"그러니까 왜 엄마 접줘. 내가 신경이 쓰여, 안 쓰여? 너 개 키우고 싶다 그럴 때 어릴 때부터 반대했는데 당연히 마음이 쓰이지. 이제라도 같이 키워보려고 데려왔다. 근데 좋다고 하지는 못할망정……."

"고작 나를 위해 저 애를 이용한다는 거야?"

싸움이 점점 클라이맥스로 치달았다.

"엄마, 이 얘기 인터넷에 올리지? 엄마 욕먹어."

"그래, 욕먹는 건 네가 잘 아니까 맞겠지."

그 순간 유나의 말문이 막혔다. 아주머니도 아차 싶었는지 입을 다물었다. 그 속내를 들키지 않기 위해 유나를 더 차갑게 노려보았다. 말소리는 멈췄지만 날 선 공기 때문인지 베리의 털이 쭈뼛 서더니 갑자기 하품이 나왔다. 그러면서 몸의 긴장이 풀렸다. 다리의 힘까지 풀려버렸다. 아래쪽이 살짝 축축해졌다는 걸 느낀 순간 곧바로 배에 힘을 줬지만, 이미 오줌이 찔끔 새어버린 뒤였다.

오늘 아침부터 벌어진 일들이 영화처럼 베리의 눈앞에 펼쳐졌다. 모든 순간마다 하나씩 후회가 섞여 있었다.

아까 떨떨이한테 좀 더 많이 싸둘걸.

아주머니가 바닥에 내려놓았을 때 마킹이라도 해둘걸.

후회한다고 갑자기 요의가 사라질 리 만무했다. 인간들은 이미 베리의 존재를 잊고 서로의 눈만 노려보고 있었다. 베리는 현실을 받아들이고, 스스로와 타협하기 시작했다.

'앞다리를 포기할까, 뒷다리를 포기할까?'

둘 중 하나를 고르긴 골랐다만 곧 고민할 필요가 없었다는 걸 몸소 깨달았다. 플라스틱 위에 싼 건 흡수가 안 됐다. 베리는 어떻게든 발톱 하나라도 살려보려 좁은 켄넬 안에서 뒤뚱거리다 결국 중심을 잃고 넘어지면서 배까지 축축해지고 말았다.

그때 다시 목소리가 들려왔다. 두 번째 라운드가 시작될 모양이었다.

"내가 TV 나가지 말라고 했지! 근데 네가 나갔잖아! 그럼 책임을 져야 하는 거 아니니?"

"책임지고 있잖아."

"뭐?"

"알아서 돈 벌고 잘 살잖아. 왜 그래."

"이렇게 틀어박혀 있는 게 책임이야? 어?"

"내가 엄마한테 용돈을 달라 그래? 그리고 TV 안 나갔어. OTT야."

"……잠깐만. 이게 무슨 냄새야?"

그 짧은 침묵의 순간이 베리에게는 몹시 길게 느껴졌다. 아까는 과거가 펼쳐졌다면, 지금은 다가올 미래가 머릿속을 스쳤다.

다시 보호소로 돌아가게 되는 미래.

거기 있는 강아지들이 꼴좋다면서 자기를 향해 강강술래하면서 마킹하는 미래.

베리의 걱정과 달리 유나와 아주머니는 침착했다. 무슨 일이 일어났는지 파악하자마자 베리를 켄넬에서 꺼내고 휴지와 물티슈로 안을 정리했다. 조금 전까지 싸우던 모습은 온데간데없이 각자 해야 할 일을 척척 해냈다.

"잘 치우네, 엄마."

"내가 개 키우는 거 영상 엄청 보잖아."

베리도 그 분위기를 감지했다. 다행이다. 적어도 이번

실수로 인간들이 짜증을 내거나 한숨 쉴 일은 없을 것 같았다.

베리는 참아왔던 울음소리를 뱉었다.

"아울……."

그것을 강아지어로 번역하면 아래와 같다.

—썅…….

그 이후로도 베리는 같은 소리를 몇 번이나 더 냈다. 곧바로 이어진 목욕은 욕 없이 버티기 힘든 고난이었다. 두 인간 모두 강아지를 처음 씻기는 듯했다. 물 온도는 지나치게 뜨거웠고, 샤워기의 물줄기가 자꾸만 콧구멍을 찔러 몇 번이고 재채기를 했다.

"잘 좀 해봐."

"그럼 네가 잡을래?"

심지어 베리를 푹 적신 후에 인간들은 다시 다투기 시작했다. 아주머니는 강아지도 사람 샴푸를 써도 된다며 주장했고, 유나는 말이 되냐고 응수했다. 아주머니가 샴푸 성분을 확인하며 탈모에 좋은 성분도 들어있다고 하자, 유나는 그러니까 더 안 된다고 대꾸했다. 결국 비누를 쓰기로 합의한 뒤에야 진짜 목욕이 시작됐다. 그쯤 되니 베리는 될 대로 되라는 심정이었다.

*

어느새 보송보송해진 베리는 새 쿠션 위에 누워 있다. 아주머니가 받은 '입양 축하 키트'에 포함된 물건이다. 지금 베리 옆에 놓인 돌고래 인형과 막대 장난감도 키트의 일부다. 보호소 직원은 베리가 천천히 적응할 수 있도록 장난감은 하나씩 주라고 했지만, 아주머니가 베리가 스트레스를 받았을 거라며 전부 꺼내둔 터였다.

하지만 베리는 그런 것에는 관심이 없었다. 그저 피곤할 뿐이었다. 산책 숫자는 귀여운 짓을 한다고 올라가지도, 미운 짓을 한다고 내려가지도 않는다. 베리는 고개를 휙 돌려버렸다. 아까부터 친한 척을 하는 게 영 못마땅했다.

결국 아주머니는 베리의 반응을 포기하고, 유나에게 말을 걸었다.

"탈모 샴푸는 왜 쓰는 거야. 아직도 스트레스 많이 받아?"

"원래 쓰던 거야."

"학교도 그만 다녀도 돼. 너랑 나랑 강아지 키우면서 잘 사는 거야."

"……"

"이 방 정리하고, 같이 집으로 가자."

"싫어."

"그럼 계속 학교 다니겠다는 거야?"

아주머니는 됐다는 듯 고개를 저었다. 그래도 확실하게 짚고 넘어갈 것은 있었다.

"강아지는 있잖아, 너를 위한 게 맞지만 이용하는 건 아니야. 나도 원했던 거야. 외로워서 한 마리 키워보려고 했어. 혼자 농사짓는 것도 재미없고. 그러니까 같이 집으로 내려가자, 응? 돈은 엄마가 벌 테니까 너는 집에서 강아지랑 지내면서 가끔 농사나 도와주고……."

"……"

"싫어? 알았어. 네 마음대로 해. 그래도 쓰레기는 제때 좀 버리고, 알겠지?"

"알겠어."

자리에서 일어난 아주머니가 닦아둔 켄넬 문을 열자, 베리가 폴짝 유나의 품으로 뛰어들었다. 단지 다시 켄넬에 들어가기 싫어서 한 행동일 뿐이었다. 아주머니와 다투던 인간의 품으로 가면 막아주지 않을까 계산한 거였다. 하지만 베리는 자신의 작은 행동이 유나의 마음을 열게 만들 줄 몰랐다.

"이리 줘. 안에 넣게."

"내가 데리고 있어볼까?"

"……왜?"

"왜라니, 엄마가 나 키우라고 데리고 왔다며."

지난여름 이후 유나가 무언가를 하겠다고 말한 건 처음이었다. 단지 지금 상황을 타개하기 위해 저렇게 책임질 수 없는 행동을 하는 게 아닐까 싶었다. 하지만 이어진 유나의 말을 듣고는 마음을 놓을 수 있었다.

"얘 되게 따뜻하고, 숨 쉬는 게 느껴지는데 기분이 이상해."

"방금 씻겼으니까, 뭐……."

"죽는다는 말 함부로 해서 미안해."

"……그래. 알면 됐어."

항상 딸의 집을 떠날 때마다 불안했지만, 지금은 저 강아지 덕분에 괜찮았다. 그렇다고 완전히 마음이 편한 건 아니었다.

"혼자 못 데리고 있겠으면 당장 한 시간 있다 연락해도 돼, 다시 올 테니까."

"됐어, 엄마도 할 일 있잖아."

"걱정하지 말고."

"괜찮다니까."

유나는 엄마를 안심시키며 현관 앞에 섰다. 문이 열리자마자 강아지가 튀어 나갈까 봐 경계하는 거였다.

그게 베리는 웃겼다.

'그냥 다녀오세요, 저 안 나가요.'

특히 아주머니를 한 방 먹였다는 생각에 통쾌했다. 그가 돌아오지 않는다는 것도 모르고 말이다.

3장

유나

유나에게 인간이란 의사소통은 되지만, 감정은 알 수 없는 존재다. 특히 지난여름 연애 예능프로그램 '카운팅' 촬영을 할 때 그랬다. 분명 상대방이 좋다고 말했는데, 알고 보니 그렇지 않은 경우가 많았고, 그러니 매 대화가 어렵고 혼란스러웠다.

강아지는 그와 정반대다.
말은 통하지 않는데, 감정이 느껴진다.

유나는 지금 이 강아지가 기분이 좋지 않은 상태라는 걸 감지했다. 그 이유를 이해하기도 전에 먼저 느꼈다. 거기에서 오는 편안함이 있었다. 굳이 기분이 좋지 않은 이유를 알아내기보다 풀어주고 싶은 마음이 먼저 들었다.

장난감을 흔들어보기도 하고, 살짝 쓰다듬어보기도 했지만 강아지는 꿈쩍도 하지 않았다.

유나는 문득 생각했다. 괜한 짓을 한 걸까. 엄마가 데려가도록 놔뒀어야 했을까. 이름 말고 아는 것도 없는 이 아이한테 내가 뭘 해줄 수 있을까. 그러고 보니 이름은 또 어떻게 해야 할까. 새로운 이름을 지어주어야 할까.

"베리……."

유나는 한숨을 뱉듯 나지막이 이름을 불렀다. 혼잣말이었다.

그런데 베리가 곧바로 자신을 쳐다봤다. 유나는 반사적으로 한 번 더 불렀다.

"베리?"

베리는 자신의 이름이 들릴 때마다 고개를 갸웃거렸다. 한 번 부르면 왼쪽으로, 다시 한번 부르면 오른쪽으로 고개를 기울였다. 유나는 베리가 왜 그러는 줄도 모르면서 웃었다.

"베리!"

우습게도 베리 역시 왜 그러는 줄 몰랐다. 이제 민수가 없는데도 민수가 지어준 이름으로 불린다. 심지어 그 목소리에 열심히 반응하고 있다.

그렇게 한참을 좌우로 고개를 돌리던 베리는 문득 또 다른 의문이 떠올랐다.

'이 인간은 왜 휴대폰을 안 보지?'

민수도, 민수와 산책을 나갔을 때 만난 사람들도, 유기견 보호소의 직원도 항상 휴대폰을 빤히 쳐다보기 일쑤였다. 그런데 유나는 거들떠보지도 않는다. 아까 아주머니와 함께 있을 때부터 지금까지 쭉 그렇다. 계속 베리의 이름만 부른다. 베리가 부담스러워하며 차라리 유나가 휴대폰을 좀 봐줬으면 할 정도로.

"베리! 베리? ……아."

신나게 이름을 부르던 유나가 갑자기 무언가 생각난 듯 자리에서 일어섰다. 그러곤 곧장 책상 위에 놓인 마스크를 집어 쓰고 현관 앞에 있던 쓰레기봉지를 들고 밖으로 나갔다. 그게 쓰레기봉지가 아닌 가방인 줄 알았던 베리는 그럼 그렇지, 하며 생각했다.

'이게 인간이지.'

놀아주다가도 어느샌가 휴대폰만 보고, 놀아달라고 보채면 간식을 꺼내 주고는 할 일 다 했다는 듯 한다. 인간들의 이해할 수 없는 행동은 한두 가지가 아니다. 애써 이해하려 노력할 필요도 없다. 굳이 소통하려 하지 않고, 먹을 거를 주면 먹고, 산책을 시켜주면 하고 살면 된다.

베리는 불과 한 살밖에 안 됐지만 스스로 세상의 이치를 다 깨달았다고 생각했다. 장소가 달라져도 삶은 거기서 거기다. 지금도 마찬가지다. 이제 볼 건 다 봤고, 파악할 건 다 파악했다. 다시 쿠션으로 가서 잠을 자자. 잠이 안 오면 눈이라도 감자.

그 순간, 문이 열렸다.

유나가 신발을 벗는 동안에도 베리는 반겨주지 않았다. 어차피 저 인간은 또 나갈 거니까. 이렇게 금세 돌아온 이유는 뻔하다. 책상 위에 두고 나간 휴대폰을 챙기기 위해서일 것이다.

'봐, 가방도 밖에 두고 왔네.'

베리는 유나가 그저 쓰레기를 버리고 온 거란 걸 몰랐다. 그 잠깐 동안에도 베리가 걱정돼서 계단을 뛰어올랐고, 그래서 지금 헉헉대며 마스크를 벗고 있다는 것도 알지 못했다. 그저 아무래도 상관없다는 듯 시선을 돌리다 유나가 내민 간식 캔을 보고 화들짝 놀랐을 뿐이다.

'가방이랑 바꿔 온 건가?'

사실 베리는 캔으로 된 간식을 딱히 좋아하지 않는다. 많이 먹어본 건 아니지만, 베리의 경험상 기름기가 너무 많고, 먹기도 불편했다. 그릇에 부어주면 좋을 텐데 예전의 민수도, 지금의 유나도 캔에 담긴 채로 내밀 뿐이다. 하지만 기대에 찬 눈으로 자신을 바라보는 유나 때문에 어쩔 수 없이 입을 댔다.

적어도 먹는 동안에는 귀찮게 굴지 않을 테니까.

그래도 막상 먹어보니 맛있었다. 며칠 동안 공원에서 쫄쫄 굶고, 보호소에서는 사료만 먹어서 입맛이 변한 걸까. 이 상황을 모르는 인간이 오해해서 매일 이걸 사다 줄까 봐 겁났다. 베리는 곁눈질하며 유나를 지켜보았다. 이제 휴대폰을 챙기고 다시 밖으로 나가겠지. 베리를 혼자

둔 미안한 마음을 간식을 준 걸로 퉁칠 거라고 생각했다.

하지만 유나는 가만히 베리를 바라볼 뿐이었다.

베리의 리드 줄을 만지다가 내려놓고, 다시 만지다가 내려놓았다. 몇 번이나 반복하더니 그대로 멈춰 섰다.

베리는 고개를 갸웃거렸다. 지금까지 만난 보호자, 그러니까 민수뿐이긴 하지만, 인간이 고민이라도 있는 듯 물건을 만지작거리는 모습은 종종 본 적 있다.

처음엔 도와주고 싶었다. 그 물건의 냄새를 맡거나 앞발로 툭툭 쳐보기도 했다. 하지만 민수는 그런 베리에게 별 관심을 보이지 않았다. 그래서 결국 인간의 일에는 관여하지 않기로 했다. 민수가 어떤 물건을 꺼낼 때면 그냥 자신의 자리로 돌아와서 다음 번 산책만 기약 없이 기다렸다. 인간에겐 인간의 일이 있고, 강아지에겐 강아지의 일이 있다는 걸 받아들였다.

그런데 지금은 상황이 다르다.

유나가 들고 있는 건 베리의 물건이었다. 그것도 산책을 나갈 때 필요한 것이었다. 그 앞에서 어떤 태도를 보여야 할지 알 수 없었다. 꼬리를 치면 나갈 수 있을까? 아니면 가만히 있어야 할까? 베리는 아직 유나가 어떤 사람인지 몰랐다.

"미안해. 지금은 사람이 너무 많아."

유나가 베리의 얼굴을 쓰다듬으며 말했다. 베리는 말뜻을 이해하지 못했지만, 유나가 자신에게 미안해하고 있다는 것만은 느낄 수 있었다. 아마도 산책을 가지 못해서겠지. 창밖이 어두워서 그런 걸까? 함께하는 첫 산책이라 낯설어서? 그냥 귀찮아서일지도.

뭐가 됐든 베리는 실망하지 않았다. 애초에 유나에게 기대한 것이 없었기 때문에 실망할 일도 없었다. 그런데 아이러니하게도 그 순간 새로운 기대가 생겼다. 유나의 표정에는 단순한 미안함을 넘어선 묘한 슬픔이 깃들어 있었고, 베리는 그 이유가 궁금했다.

'어차피 할 거라면 산책 조금 늦게 해도 나는 괜찮은데.'

베리는 유나의 손을 핥아주려다 멈칫했다.

'얘가 뭐라고 내가 마음을 주지?'

그 순간 베리는 떠올렸다. 베리는 인간을 평가할 수 있는 강아지였다. 몇 번 산책하면 헤어지는지 아는 강아지였다. 뭐, 모든 강아지가 그렇긴 하지만……. 자신은 무조건적으로 인간을 믿지는 않는다고 생각하면서 힘차게 주문을 외웠다.

"월!"

그것을 강아지어로 번역하면 아래와 같다.

―도기도기총총!

이제 숫자가 뜰 차례였다. 과연 몇 번이나 산책할 수 있을까? 베리는 긴장을 풀기 위해 크게 숨을 들이켰다. 하지만 카운트다운은 숨을 들이마시기도 전에 끝나버렸다.

처음에는 잘못 나온 줄 알았다. 숨을 잘못 들이켜 기침을 했더니 숫자가 멈춘 줄 알았다. 그런데 몇 번이고 주문을 외워도 결과는 똑같았다.

'2'

유나는 베리가 주문을 외우는 모습을 자신에게 말을 거는 것으로 착각했다. 그래서 조용히 시킬 겸, 제대로 인사를 할 겸 베리를 붙잡고 다짜고짜 자기소개를 했다.

"안녕, 나는 유나야. 스물한 살이고, 어…… 스물한 살이지."

하지만 그때는 이미 베리가 유나를 '두 번 산책 시켜줄 보호자'로 인식한 뒤였다. 베리에게 그것은 곧 나쁜 보호자라는 의미였다. 좋은 보호자를 기대하진 않았지만, 그게 나쁜 보호자를 아무렇지도 않게 받아들인다는 뜻은 아니었다.

"내가 계속 집에만 있어서 미안해. 어쩌다 보니 이렇게 됐거든. 너는 어쩌다 여기 오게 됐니. 이렇게 착한 애한테 무슨 일이 있었을까."

그러니까 사람 좋은 척 웃고 있는 이 인간을 받아줄 수 없었다.

"베리야. 그래, 베리지. 아까 온몸으로 베리라고 하더라. 이름 마음에 들어? 그러면 계속 그렇게 부를…… 응? 어디 가려고?"

베리는 유나의 손아귀로부터 도망쳤다. 책상 아래로 들어가 숨었다. 술래잡기처럼 베리를 뒤따르던 유나는 깜짝 놀랐다. 조금 전까지 귀엽게 통통거리던 아기 강아지가 도망간 자리에 맹수 한 마리가 으르렁거리고 있었다.

4장

유혹의 간식

그날 밤은 그렇게 흘러갔다. 베리는 강아지 쿠션도, 유나의 매트리스도 아닌 책상 아래에서 뜬눈으로 시간을 보냈다.

'고작 두 번이라니.'

생각할수록 어처구니가 없었다. 심지어 저 여자가 만약 아까 산책을 시켜주고 난 뒤라면 숫자 '1'이 떴을 것이 아닌가.

무전기라도 있으면 당장 비상 연락을 돌리고 싶었다. 칙칙. 비상이다, 비상이야. 강아지들. 듣고 있나, 칙칙. 아침까지만 해도 별 관심 없었던 보호소 친구들이 보고 싶을 지경이었다.

그런데 곰곰이 생각해보니 보고 싶어 할 필요 없었다.

'조만간 보겠네.'

이미 베리의 머릿속에서 유나는 몇 번 산책 시키고 나서 베리를 내다 버릴 보호자였다.

'아, 몇 번도 아니네. 두 번이지.'

물론 다른 경우의 수도 있었다. 두 번의 산책 이후 유나가 못 키우겠다고 해서 아까 그 아주머니가 데려가서 키우는 것이다. 산책 횟수가 천이 넘는 아주머니는 지금 눈앞에서 가식적으로 웃고 있는 저 여자랑 비교도 안 되는 좋은 보호자일 것이다.

'잠깐, 그 아주머니는 어디 갔지?'

친한 척한다면서 싫어할 때는 언제고 뒤늦게 아주머니를 찾았다. 목욕을 시켜준 이후 자취를 감춘 그였다. 설마 오줌을 쌌다고 가버린 걸까? 단 한 번의 실수로 보호자가 바뀐 걸까? 베리는 혼자 결론을 내리고 화냈다.

'역시 강아지를 이해하는 건 강아지뿐인가 봐!'

이제 인간한테는 정말이지 질려버렸다. 베리는 보호소

로 돌아가고 싶었다. 다른 강아지들이 '너 잘 돌아왔다' 하면서 가운데 놓고 마킹을 하려다가도 고작 산책 두 번 하고 버려졌다는 얘기를 들으면 함께 분노해줄 것이다. 떨떨이도 똑똑하게 이해하리라.

  차라리 잘된 일이다.

  베리는 밤새 뒤척이며 그렇게 결론지었다. 좋은 보호자를 만나지는 못했지만, 덕분에 인간은 나쁘다는 걸 확실히 증명할 수 있게 된 셈이었다. 얼른 두 번의 산책을 나가서 다시 보호소로 돌아갈 수 있기를 바랐다.

  그런데, 왜 안 나가지?

  베리만 안 나가는 게 아니었다. 유나는 잠시 나갔다가 간식 캔을 가지고 온 이후로는 줄곧 집에 있었다. 집에서 삼시 세끼를 모두 해결했다. 직접 재료를 손질하고, 요리를 했다. 저녁에는 배달이 오긴 했는데, 그마저도 완성된 요리가 아니라 재료를 시킨 거였다.

  "베리야, 같이 먹자."

  거기에는 베리의 몫도 있었다. 유나는 그릇에 손수 만

든 음식을 담았다. 삶은 고기 위에 찐 단호박과 양배추가 올라가 있었다. 베리는 저도 모르게 줄줄 흐르는 침을 애써 무시하곤 고개를 획 돌렸다.

이건 함정이라고 생각했다. 두 번밖에 산책을 시켜주지 않는 보호자가 건네는 호의를 곧이곧대로 받아들여서는 안 된다. 어떤 속임수와 위협이 있을지 모른다.

"정말 안 먹어?"

유나가 시무룩한 목소리로 물었다.

베리는 유나를 한 방 먹였다는 생각에 기분이 좋았다. 그러나 유나가 음식을 본인의 입으로 가져가자 베리는 소스라치게 놀랐다.

'내가 안 먹으면 쟤가 먹는 거였어?'

보통은 이러면 밥그릇에 그대로 놔두지 않는가. 일단 지금은 자존심을 지키다가 나중에 유나가 일을 시작하거나 잠들면 먹으려고 했는데. 아니, 애초에 그걸 떠나서 인간과 강아지가 먹을 수 있는 음식이 확연하게 구분되는 줄 알았는데, 유나는 베리가 먹을 뻔했던 요리를 먹고도 멀쩡했다.

다음 날도 유나는 음식을 내밀었고, 베리는 먹지 않았

다. 이건 둘의 자존심을 건 승부였다. 적어도 베리에게는 그랬다. 유나는 이럴 줄 알았다는 듯 첫날보다 더 빠르게 포기했다. 베리의 몫이었을 음식들은 빠르게 유나의 입속으로 사라졌다. 베리는 왠지 모르게 더 맛없게 느껴지는 사료를 씹으며 패배를 예감했다.

그리고 사흘째 되는 오늘, 베리는 자신의 패배를 인정하기로 했다.

모락모락 김이 새어 나오는 음식은 처음이었다. 아직 삼키지도 않았는데 부드러운 맛이 가슴까지 전달됐다. 유나는 그럴 줄 알았다는 듯 웃었다.
"그래, 맛있게만 먹어줘."
베리는 약이 올랐지만, 그보다 처음 맛보는 음식의 맛이 더 컸다. 눈으로는 유나를 째려보면서 입으로는 열심히 고기를 씹을 수밖에 없었…… 아, 다 먹었네. 양배추를 씹을 수밖에 없었다.
식사 시간이 끝났다.
유나는 컴퓨터 앞에 앉았다. 유나가 일하는 시간이자

베리의 쉬는 시간이었다. 베리는 앞다리를 쭉 뻗고 허리를 늘렸다. 사흘 동안 찬 바닥에서 지내던 여파가 우두둑 몰려왔다. 어차피 유나가 만든 요리까지 먹은 상황에서 더 버티는 건 의미 없는 짓이었다. 베리는 딱딱한 책상 아래가 아니라 말랑한 쿠션으로 돌아왔다. 부드러운 촉감이 느껴졌다.

이 환경에 안주할 수도 있었다. 머지않아 떠나게 될 운명을 모른 척하고, 지금 이 순간만큼은 마음 편히 쉴 수도 있었다.

하지만 베리는 그러고 싶지 않았다.

'쉴 땐 쉬어도 정신 똑바로 차려. 속지 마.'

인간을 믿으면 돌아오는 건 상처뿐이다. 민수에게 버려지고 얻은 교훈이었다. 지금 눈앞에서 컴퓨터를 하고 있는 이 인간도 머지않아 같은 행동을 할 게 분명했다. 베리는 가만있을 수 없었다. 스스로 운명을 개척하고 싶었다. 뭐, 그래봤자 숫자는 바꿀 수 없을 테지만, 적어도 숫자가 끝나기 전에 자신이 먼저 인간을 저버릴 수는 있겠다.

그렇다.

베리는 지금 첫 번째 산책 때 탈출을 계획 중이다. 빼빼

마른 유나의 팔다리를 보면 충분히 가능성이 있다. 타이밍을 잘 보다가 유나가 휴대폰에 한눈이 팔린 사이 팡, 하고 튀어 나가면 그만이었다.

이 계획을 실행하려면 일단 밖으로 나가야 한다. 강아지로서 할 수 있는 최후의 수단을 쓰자. 베리는 유나의 옆으로 갔다. 여전히 책상 의자에 앉아 있는 유나는 아직 베리가 온 줄 모르지만 상관없었다.

어차피 이제 짖을 거니까.

"헥헥, 멍!"

그것을 강아지어로 해석하면 아래와 같다.

—ㅠ.

베리는 유나를 보고 웃었다. 억지로 입꼬리를 바짝 당겨 선홍빛 잇몸 웃음을 보였다. 배까지 깠다. 뒤늦게 중성화수술을 받은 성기가 보일 거라는 생각에 너무 오버했나 싶었으나, 이 애교는 이 보 전진을 위한 일 보 후퇴였다.

산책을 나가려면 뭐든 해야 한다. 발바닥 춤을 추라면 추고, 꼬리를 물라면 물어야 한다.

"헥헥, 헥헥, 헥헥······. 잉?"

등으로 방바닥을 비비고 있던 베리는 슬며시 눈치를 봤

다. 유나는 예상보다 더 놀란 듯했다. 애교 작전이 제대로 통한 모양이었다. 다음은 밖에 나가고 싶다는 의사를 표현하는 일이었다.

"베리야……."

현관에 선 베리를 본 유나의 목소리가 떨렸다. 그것 때문에 베리의 꼬리가 움직이지 않은 건 아니었다. 이젠 이름만 부른다고 반사적으로 꼬리가 움직이지 않았다. 유나가 하도 많이 불러대서 내성이 생겼다.

"나가고 싶지?"

유나가 리드 줄을 손에 쥐었다. 이때를 노려야 했다. 베리는 일부러 낑낑거리는 소리를 냈다.

"조금만 더 어두워지면 바로 나갈게. 내가 약속할게."

당연히 한국말을 알아들을 수는 없기에 베리는 유나가 리드 줄을 내려놓는 모습에만 집중했다. 그러니 이런 생각을 할 수밖에 없었다.

'저거 아주 독한 인간이네.'

(5장)

히키코모리의 산책

히키코모리.

 반년 이상 집에 틀어박혀 사회와의 접촉을 극단적으로 기피하는 행위, 혹은 그런 사람을 칭하는 말. 유나는 그 단어가 떠올랐다. 지금 자신의 상태를 정확하게 설명해주는 단어였다. 거의 반년 동안 휴대폰을 끄고 지냈으니까.
 지난여름, 방송에 출연한다는 기쁨으로 샀던 새 휴대폰은 이제 몇 년은 쓴 제품처럼 버벅거렸다. 몇 분이 지나고 나서야 제대로 전원이 켜졌다. 배경 화면은 처음 샀을 때 그대로였다. 지잉―짧은 진동 소리와 함께 배터리가 부족해 저전력 모드가 가동된다는 알림창이 떴다. 연결은 되려나. 생각하는 찰나 상단 바 위로 통신사 이름이 떴다. 엄마가 요금제를 해지하지 않은 모양이었다.

언젠가 이럴 줄 알았던 걸까.

유나는 집에 찾아온 엄마에게 휴대폰을 해지해도 된다고 난리를 쳤던 게 떠올랐다. 2학기가 개강하고 한 달이 지났을 시점이었다. '카운팅'이 막 방영되기 시작한 시점이기도 했다.

수요일 저녁마다 하나씩 나온대요! 본방 사수해주세요!
내 친구 드디어 데뷔해요!

SNS에 잔뜩 자랑하던 지인들은 방송이 시작된 후 놀라울 정도로 조용해졌다. 친한 친구들은 이미 촬영을 마치고 온 유나로부터 대략적인 얘기를 들었던 터라 '카운팅'에 대해 언급하지 않았다. 평소라면 신나게 대화를 나눴을 친구들이 자신 때문에 조심스러워진 걸 느꼈다.

그게 유나를 더 불편하게 만들었다.

다들 분명 1학기 말에 했던 대화를 기억하고 있을 거였다. 친구들은 유나가 너무 유명해지고, 바라는 대로 아나운서까지 되고, 대학교를 자퇴해버리면 자기들은 무슨 재미로 학교를 다니느냐고 푸념했다.

거기에 유나는 충분히 병행할 수 있다고 대답했다.

유명해질 거라는 말은 부정하지 않은 거다. 그만큼 자신 있었다. 마음속 깊은 곳에서는 스케줄이 많이 생겨서 2학기에 학교를 다니지 못할지도 모르겠다는 생각도 했지만, 막상 다른 이유로 학교를 나가지 않게 됐다.

'카운팅'에서 유나는 예상했던 것보다, 아니 한 번도 예상해본 적 없는 비난을 받았다. 온갖 SNS를 비롯해 학교 커뮤니티에서도 마찬가지였다.

미술학부 수준 실화냐

예술하면 죄다 씹프피임?

학생 식당이나 도서관, 학교 어디에서도 문득 시선을

돌리면 늘 누군가와 눈이 마주쳤다. 그러면 그들은 지켜보고 있던 걸 사과라도 하는 것처럼 고개를 숙여서 인사하곤 서둘러 자리를 피했다.

유나는 혼란스러웠다. 온라인에서의 반응과 실제로 마주하는 상황 중 무엇이 진짜인지 알 수 없었다. 친구들까지도 믿지 못하겠는 지경까지 다다랐다. 그렇게 친구들에게 전화가 와도 받지 않게 됐다.

전화 아이콘 위에는 항상 '99'라는 숫자가 떠 있었다. 부재중전화가 99통이라는 의미가 아니었다. 단지 시스템상 숫자를 '99'까지만 표기할 수 있는 듯했다. 휴대폰 개발자는 연속으로 백 번 넘게 전화를 받지 않는 사람은 존재하지 않는다고 생각한 걸까.

[유유, 왜 수업 안 와.]
[전화 안 해줘도 되니까 점 하나라도 답장만 해줘.]

유나가 전화를 받지 않아서인지 쌓인 메시지도 수백 통이었다. 특히 가장 친한 친구인 하정의 연락이 가장 많았다. 하지만 자신이 메시지를 읽었다는 걸 들키고 싶지 않았던 유나는 미리보기 화면으로만 내용을 확인했다. 이렇게 걱정만 끼치고 있는 상황이 싫었다. 동시에 미안한 감정이 들었다. 그 미안함을 해소할 만큼의 답장을 할 수 있을까? 자신이 없었다. 막상 연락을 받으면 그동안 전화나 문자에 응답하지 않았던 이유까지 해명해야 할 것 같았다. 그게 막막하게 느껴졌다. 진작 답장할걸……. 후회는 쌓이고 쌓여서 휴대폰을 없애야겠다는 결론으로 치달았다.

물론 진짜 없애지는 않았다.
단지 기본 앱을 제외하고 모두 삭제한 뒤 전원을 껐다.

그 후부터 유나의 소통은 컴퓨터로만 이루어졌다. 일방적인 소통이 편했다. 그저 원할 때만 스위치를 눌러서 전원을 켜고, 세상을 들여다봤다. 인터넷쇼핑으로 물건을 주문하고, 거래 사이트에서 간단한 그림 외주를 받았다. 필요한 만큼만 주고받는 관계가 편했다.
하지만 엄마는 달랐다. 다짜고짜 유나의 집에 찾아올 수 있었다. 왜 학교도 안 나가고, 친구들 연락도 안 받느냐는 엄마의 말에 유나는 "휴대폰 해지해도 돼" 하고 답했다. 지금 생각해보면 황당한 동문서답이었지만, 당시 유나에게는 중요한 문제였다. 정말로 휴대폰을 해지하는 것보다 엄마에게 휴대폰 없이 살고자 하는 자신의 모습을 인정받고 싶었다.

그리고 2학기가 끝났고, 어느새 겨울방학도 끝자락이었다.

지금 유나의 휴대폰에선 미친 듯이 진동이 울리고 있다. 친구들로부터 부재중전화가 와 있다는 알림 메시지, 인터넷 결제 완료 메시지, 동네 마트에서 온 행사 안내 메시지, 대외 활동 단체에서 보내 온 안내 메시지 등······.
약 반년 치의 연락이 요란하게 울려댔다. 잠에서 깬 베리가 눈을 끔뻑거리며 다가오고 있었다.
"아울······."
"미안해, 시끄럽지?"
유나는 베리를 안아서 무릎 위에 올렸다. 조금 더 잠을 자라는 의도로 등을 쓰다듬자, 베리는 유나의 손가락을 입에 넣었다.

"장난쳐주는 거야?"

유나의 손가락이 축축해졌다. 그게 좋았다. 얼마 전까지만 해도 베리에게 물릴까 봐 겁났던 때가 있었다. 하지만 이제는 장난을 칠 정도로 가까워졌다. 어쩌면 어린 시절부터 꿨던 꿈이 이뤄지고 있었다.

항상 강아지를 키우고 싶었으니까.
나를 사랑해주는 존재를 필요로 했으니까.

잠시 옛 생각에 빠져 있던 유나는 퍼뜩 정신이 들었다. 베리의 이빨 때문에 검지가 아팠다.

"아야."

소리를 내자, 베리가 핥아주었다. 그게 마치 미안하다는 것처럼 느껴졌다. 대화를 나누지 않아도 감정이 느껴지는 게 신기했다. 배를 까고 애교를 부리기까지 했다. 유나는 마냥 귀여워할 수 없었다. 사랑을 받는 만큼 돌려주지 못하고 있다는 생각이 들었다. 며칠째 산책도 하지 못하고 있으니까.

유나는 잠시 고개를 돌렸다. 창문 밖으로 학교가 보였다. 정문과 후문까지 한 눈에 담겼다. 학교에는 작은 연못도 있고, 기숙사 뒤편으론 숲길도 있다. 베리에게 즐거움을 줄 산책로가 코앞이었지만, 유나는 불안했다. 새벽인데도 불이 켜진 기숙사 창문들이 유독 눈에 띄었다. 길가에도 사람 몇이 보였다.

"후우."

한숨을 쉬자 베리는 '킁' 하고 코 먹는 소리를 냈다. 유나는 고개를 내려서 베리를 확인했다. 한쪽 눈을 게슴츠레 뜨고 있는 게 웃겼다. 유나가 누르고 있던 손에 힘을 풀자 베리는 고개를 들더니 휴대폰을 쿵쿵거렸다.

"냄새 이상해?"

베리가 고개를 절레절레하는 게 신기했다. 말이 통하는 것 같아 신기했다. 물론 베리가 실제로 절레절레하는 게 맞긴 했다. 베리는 결국 이 인간도 휴대폰을 하는구나 싶었다.

"산책 갈까?"

하지만 유나의 입에서 나온 '산책'이라는 단어에 자동으로 눈이 휘둥그레졌다. 그 순간 유나는 결심을 했다. 비록 자신은 세상을 등지고 살고 있지만, 베리에게만큼은 좋은 세상을 보여주고 싶었다. 그래서 오른손으로는 계속해서 베리의 머리를 쓰다듬으면서 왼손으로 휴대폰에 택시 앱을 다운로드했다.

유나는 최소 한 시간은 걸을 수 있는 곳을 찾고 싶었다. 며칠을 기다렸는데 고작 몇십 분 하는 산책은 베리 입장에선 안 하느니만 못한 거라고 생각했다.

택시 앱 속 지도를 돌리면서 가볼 만한 곳을 골랐다.

작은 절과 근처 산책길.
옆 동네에 있는 H대학교.
하늘호수공원.

세 곳 모두 유나가 가본 적 있는 장소였다. 시간이 늦었기에 사람이 없는 곳은 무서웠다. 그치만 그보다 또래 사람을 마주치는 것이 더 겁났다.

그래서 하늘호수공원으로 목적지를 정했다.

핀을 고정하고 다음 버튼을 누르자 예상 요금이 떴다. 새벽 한 시가 다 된 시간이라 할증요금이 붙었다. 확인 버튼을 누르자 택시가 호출됐다. 누군가에게는…… 아니, 한때 자신에게도 별거 아니었을 일이 지금은 큰 미션을 수행한 것처럼 느껴졌다.

*

 택시가 대학가를 나와서 큰 도로에 진입하자, 택시 기사가 입을 열었다.
 "근데 개는 왜 데려가는 거요?"
 유나는 그 말을 질문 그대로 받아드릴 수 없었다. 정말 궁금해서 물어보는 것 같지 않았다. 시비를 걸려고 하는 의도가 느껴졌다. 처음부터 그랬다. 유나가 택시에 타자마자 기사는 앱으로 확인했을 텐데도 굳이 목적지가 호수공원이 맞느냐고 물었다. 유나가 그렇다고 대답하자 이제는 켄넬을 가리키며 물었다.
 유나는 혹여 저 사람이 자신을 알아보고 시비를 거는 건가 싶었지만, 지나친 피해망상이라는 결론을 내렸다. 그렇다가도 엄마의 주변 오륙십 대 사람들도 다들 '카운팅'을 알고 있던 걸 떠올려보면 불안했다.

"산책…… 하려고요."

택시 기사가 헛기침을 했다. 그러고는 별말 없었다. 무슨 생각을 하는 건지. 무서운 기분이 들었다. 정작 질문은 던진 건 택시 기사인데, 유나가 뭐라도 더 물어봐야 할 것 같은 기분이었다.

"데려가면 안 되나요?"

마음 같아서는 '왜 그런 질문을 하시나요?'라고 물어보고 싶었지만, 유나 나름대로 순화한 거였다. 그런데 그 마음을 감지하기라도 한 듯, 베리가 유나를 대신해서 짖기 시작했다.

"멍멍!"

그것을 강아지어로 번역하면 아래와 같다.

―아, 멀미.

우습게도 택시 기사는 그 말에 대답했다. 유나에게 질문을 던질 때와 전혀 다른 목소리로 착하고 친절하게, 어린이 연극의 배우처럼 앙증맞은 목소리로 말했다.

"아유, 그래, 알았어. 아저씨가 빨리 가줄게, 답답하지?"

"……."

"……."

"으흠……."

그리고 목적지에 도착할 때까지 아무도 말이 없었다. 이따금 베리가 켄넬을 긁는 소리만 들렸다.

잠시 후 호수공원에 도착했다. 베리는 더욱 격렬하게 켄넬을 긁었다. 앱을 통해 자동결제가 되기 때문에 굳이 지갑을 꺼낼 필요는 없었다. 유나는 대충 목 인사를 하고 서둘러 내리려고 했다.

그 순간 기사가 휙 몸을 돌리더니 유나를 향해 취조하듯 물었다.

"버리는 거 아니죠?"

"네?"

"마스크도 끼고, 모자도 쓰고……. 엣헴."

단호하던 아저씨의 목소리가 점점 작아졌다. 유나의 겁먹은 눈을 봤기 때문이었다.

"후우."

그 한숨은 마치 자신도 이런 질문을 하고 싶지 않았지만, 어쩔 수 없었다는 걸 알아달라는 느낌이었다.

"이 공원이 강아지 유기가 그렇게 많이 되잖아. 몰랐어?"

"아, 네……."

"몰랐구나."

"몰랐네요."

"이제 알았지?"

"가도 괜찮을까요?"

"오, 그럼."

택시에서 내리자마자 베리는 흥분한 듯 이리저리 뛰어다녔다. 예고 없이 팡 튀어 나가는 바람에 하마터면 리드 줄을 놓칠 뻔했다. 왼손으로 꽉 줄을 잡고, 오른손으로는 휴대폰을 주머니에 넣는데 뒤통수가 따가웠다. 택시가 떠나지 않고 그 자리에 있었다. 유나가 쳐다보자 금세 가버렸지만.

유나는 기분이 찝찝했다. 주변을 두리번거렸다. 괜히 누군가 지켜보고 있는 느낌이 들었다. 새내기 때 학교의 비밀 커플이 여기까지 와서 데이트를 한다는 소문을 들었던 게 떠올랐다. 새벽인데도 사람이 있었다. 밤 운동을 나온 아주머니, 아저씨, 유나처럼 강아지를 데리고 나온 사람도 있었다.

"멍! 멍멍!"

"어, 그래. 가자."

그리고 베리와 유나의 첫 번째 산책이 시작됐다. 탁 트인 호수를 바라보며 걸으면서도, 유나는 전혀 자유롭다는 기분이 들지 않았다. 가장 무서운 건 이렇게 걷다가 밤에 놀러 나온 친구들을 마주치는 거였고, 그다음으로는 유나는 모르지만 상대는 유나를 아는 사람이 나타나는 거였다. 이런 불안을 어떻게 해결해야 할지 몰랐다. 엄마의 말처럼 병원을 가봐야 할까. 그 전에 친구들에게 먼저 연락해봐야 하나.

회피하고 있던 것들을 직면하게 되는 순간이 올까.

모르겠다. 이번에도 결론은 자책이었다. 생각만으로는 아무것도 해결되는 게 없었다. 이럴 거면 돈을 좀 더 내더라도 다른 도시의 공원으로 갈걸 그랬나. 오히려 집에 있을 때보다 더 스스로를 가두고 있었다.

그러니 산책은 베리의 주도하에 이루어졌다. 유나는 베리가 이끄는 대로 따라갔다. 베리는 얼마나 신난 건지 계속해서 팡, 팡 뛰쳐나갔다. 이게 베리를 산책시키는 건지,

베리가 자신을 산책시키는 건지 분간이 안 갔다. 지금 이 순간 유나는 자신이 베리를 가두고 있다고 느꼈다.

'베리에게라도 자유를 주고 싶어.'

유나는 줄을 손목에 두 번 감고 공원 언덕을 뛰어올랐다. 갑자기 유나가 리드하자 베리는 당황한 듯했다. 처음에는 자세를 낮춰서 가지 않겠다고 버텼다.

하지만 아무리 힘을 줘도 유나가 끌려가지 않자, 이내 포기하고 순순히 따라가기 시작했다. 유나는 베리의 터덜터덜한 뒷모습이 귀여우면서도 미안했다. 그래서 언덕의 중간부터는 베리를 안고 달렸다. 한시라도 빨리 베리의 기분을 좋게 해주고 싶었다.

"다 왔어, 베리야! 자유다!"

호수로부터도 멀어졌고, 주변에 딱히 사람도 없고, 잔디밭이 있어서 뛰기에도 좋은 자리. 작년 봄에는 하정과 함께 올라와서 돗자리를 깔고 놀았던 곳에서 유나는 베리의 리드 줄을 풀었다.

방금까지 달려 나가고 싶어서 난리를 치던 베리는 막상 진짜 자유가 주어지자 당황하는 듯했다. 커다래진 눈동자와 갸웃거리는 고갯짓에서 감정이 느껴졌다. 유나는 그 모습이 귀여웠다. 사진으로 남기고 싶었다. 휴대폰을 꺼내서 베리를 향해 맞추고 촬영 버튼을 눌렀다. 플래시가 터지자 베리는 스위치라도 켜진 것처럼 달리기 시작했다.

유나는 촬영 모드를 사진에서 야간 동영상으로 전환했다. 그러곤 화면으로 베리를 지켜보았다. 두 손가락으로 줌을 당기자 베리의 모습이 가깝게 보였다. 베리의 뜀박질이 빨라졌다. 가만히 귀여워하다 보니 지나치게 멀어지는 건 아닌가 싶었다.

"베리야! ······베리야?"

유나는 동영상 촬영을 멈추는 것도 잊고 베리가 사라진 방향으로 달렸다. 휴대폰을 든 손이 위아래로 흔들렸다. 다급하게 달리는 발소리와 함께 유나의 울음소리가 녹화되었다. 새까만 화면에 이따금 불빛이 번졌다. 서울도 아닌 소도시의 공원에는 가로등이 뜨문뜨문했고, 그마저도 몇 개를 제외하고는 꺼져 있었다.

머지않아 휴대폰 화면도 완전히 새까매졌다. 유나는 제자리에 멈춰서 숨을 헉헉댔다. 아무리 전원 버튼을 눌러도 불빛이 들어오지 않았다. 배터리가 나간 듯했다. 이 모든 게 신의 장난 같았다. 하지만 이 시간에 굳이 여기까지 택시를 타고 온 것도, 베리의 리드 줄을 풀어버린 것도 다 유나가 선택한 일이었다.

공원 관리소가 열려 있을까? 공중전화로 신고부터 할까? 다른 방법이 있나? 결국 모두 누군가의 도움이 필요한 일이었다. 혼자서는 아무것도 할 수 없었다. 사람들을 피해서 이곳까지 왔던 유나는 이제는 사람들을 찾아서 달리기 시작했다.

6장

자유의 반대편

　―자유다!
　……라는 기분에 취해 달리다 보니, 주변은 온통 휑한 논두렁이었다. 목적지를 생각했어야 하는데, 인간을 버렸다는 쾌감에 취해서 일단 달리고 말았다.
　거기에서 깨고 나니, 신났던 만큼 추웠다. 입에서는 하얀 입김이, 코에서는 뜨거운 콧김이 나왔다. 슬슬 뭐라도 먹고, 마시고, 무엇보다 일단 좀 편하게 쉬고 싶었다. 하지만 아무리 걸어도 논두렁이 전부였다.
　'어디 누울 곳 없나.'

처음에는 푹신한 무언가를 바랐다. 그다음에는 바닥에 뭐라도 깔려 있으면 했고, 다음에는 바람만 피할 수 있으면 좋겠다고 생각했다. 더 이상 욕심도 부릴 수 없을 만큼 지쳤을 때, 작은 터널이 보였다.

차도 사이에 사람들이 드나드는 용도로 만들어놓은 것이어서 자동차가 지나갈 위험은 없었다. 바닥도 아스팔트가 아니라 흙이었다. 곧장 가서 누웠지만, 잠이 오지 않았다. 팔다리, 등, 가슴 모든 근육이 쑤셨다.

'이제 뭐하지.'

베리는 흙바닥에 누워 한참을 멍하니 있었다. 이제 베리에겐 기다릴 인간이 없다.

그건 자유와도 같았다.

하지만 그 생각은 채 한 시간도 가지 못했다. 이게 정말 자유가 맞을까? 먹을 것도, 딱히 잘 곳도, 할 일도 없다. 고작 이런 기분을 느끼려고 안락한 집을 나온 건 아니었다. 그토록 꿈꾸던 자유의 시간을 의미 있게 보내야 했다.

그래서 일단 밖으로 나왔다. 새벽의 논두렁은 캄캄했지만, 그 끝에 희미한 빛이 보였다. 무서운 마음도 들었다. 칠흑 같은 어둠 속에서 뭐가 튀어나올지 알 수 없었다. 그럼에도 두려움보다 궁금함이 더 컸기 때문에 베리는 불빛을 이정표 삼아 나아갔다.

하지만 동이 트자 어둠이 걷히면서 빛도 함께 사라졌다. 저만치에 있는 산과 건물, 전봇대가 모두 똑같은 실루엣으로만 보였다. 베리의 작은 눈으로는 구분하기 어려웠다. 방향 감각까지 잃었다. 주변을 둘러보아도 길을 찾을 수 없었다.

그 와중에 졸리기 시작했다. 이 졸음은 집에서 느끼던 것과 달랐다. 잠들었다가는 다시 깨어날 수 없을 것 같았다. 갈 곳을 찾아야 했다. 베리는 콧구멍을 벌리고 킁킁거렸다. 온전히 후각에만 집중했다. 어디선가 익숙한 냄새가 났다. 뭔지 몰라도 익숙함은 분명했다.

다시 한 걸음씩 나아가기 시작했고, 이따금 실눈을 떠서 주변을 확인했다. 좁은 인도를 걷다 보니 냄새가 점점 가까워졌다.

강아지 냄새였다.

베리의 상식에서 그런 냄새가 느껴질 장소는 보호소뿐이었다. 베리는 친구들 앞에서 유나를 욕하는 미래를 꿈꾸며 걸었다.

하지만 베리가 도착한 곳은 보호소가 아니었다. 공장 단지의 입구였다. 아스팔트 도로 양옆으로 크고 작은 공장들이 늘어서 있었다. 강아지 냄새는 그중 제일 가까운 곳에서 났다.

'쟤 떨떨이 아니야?'

베리는 강아지에게 다가갔다. 생김새는 떨떨이와 비슷하지만 크기는 훨씬 큰 진돗개였다. 그가 베리에게 달려들었다. 베리는 뒷걸음치다가 발라당 넘어졌다. 하지만 겁먹은 게 뻘쭘하게도 진돗개는 베리의 발끝도 스칠 수 없었다. 개가 움직이려 들 때마다 목에 매인 두꺼운 쇠줄이 철컹거렸다. 목이 조여서 아플 것 같았는데도 진돗개는 격렬하게 움직였다.

—개다아! 개다아!

—강아지야.

—너무 좋아아! 신나아!

—여긴 어디야?

—공장!

인간들이 끊이지 않는 장소. 일을 하는 공간. 한 마디로 베리와 상관없는 공간이었다.

하지만 이대로 떠나기엔 진돗개가 너무나도 반가워하고 있었다.

─뭐하고 있어어?

─혼자 산책 중이야.

굳이 '혼자'라고 한 건, 자유로운 상태를 자랑하고 싶었기 때문이다. 하지만 진돗개는 말귀를 못 알아들었다. 그냥 꼬리만 흔들고 헉헉거렸다. 그 답답한 모습에 떨떨이가 떠올랐다. 어쩐지 생긴 것도 비슷하더니.

─너 산책이 뭔지 몰라?

─난 산책이란 걸 해본 적이 없어어.

─…….

─왜 반응 안 해줘어? 난 산책이란 걸 해본 적이 없다고오.

─그래, 알겠어.

─얼마 전까지는 말이야아.

─뭐야.

베리는 졸지에 진돗개의 자랑을 듣게 됐다. 이야기는 진돗개의 어린 시절부터 시작했다. 진돗개의 부모는 옆 공장의 개였다. 젖을 뗀 이후로 남매는 각기 다른 공장으로 찢어졌다. 첫째였던 진돗개는 쭉 이곳을 지켰다. 딱 집에 매인 목줄 길이만큼 움직이며 살았다.

그런 진돗개의 유일한 취미는 인간 관찰이었다.

누군가 다가와서 말을 걸어주면 그 사람을 잊지 않으려고 노력했다. 하루 종일 생각하고, 생각하고, 생각했다. 덕분에 진돗개는 공장의 사람들을 다 외우게 됐다.

그러던 중 낯선 남자가 나타났다. 공장 유니폼을 입고 있지만, 분명 못 보던 얼굴이었다. 신입 직원인 듯했다. 외모에서부터 티가 났다. 나이도 어리고, 성격도 순한 듯했다. 다른 아저씨들이 장난치는 모습으로 알 수 있었다.

어느 날은 간지럼을 태웠고, 어느 날은 과자를 뺏어 먹었고, 어느 날은 진돗개가 있는 방향으로 툭 밀었다. 진돗개는 꼬리를 흔들며 남자를 열렬히 반겼다. 보통 그러면 다른 인간들은 겁을 먹고 소리를 질렀는데, 이 남자는 침착하게 진돗개의 목덜미를 쓰다듬었다.

"뭐야, 안 무서워하네?"

"아, 저…… 개 좋아합니다."

"그럼 뭐, 산책이라도 시켜보던가."

"그, 그래도 됩니까?"

그날 이후 진돗개의 삶에 큰 변화가 찾아왔다. 남자가 점심시간마다 산책을 시켜줬다. 덕분에 요즘 몸도 마음도 건강하단다.

─나 가족들한테 인사도 했어어, 헤헤.

─가족?

─엄마는 옆 공장에 있고, 둘째는 옆옆 공장에 있거든. 막내가 갔던 공장은 망해서, 못 만났어어. 어디로 가버렸나 봐아. 언젠가 만나겠지이. 산책하니까아.

─…….

─왜 그래애?

베리는 마음에 들지 않았다. 혼자 잘 있던 강아지가 인간에게 의존하는 모습이었으니까. 고작 산책시켜주는 게 뭐라고. 사실은 이렇게 묶어두는 게 잘못된 건데, 진돗개는 그 사실조차 모르고 있다.

평생 묶여 살았으니까.

그래서 베리는 진돗개의 목줄을 물었다. 이빨로 뜯어보려는 심산이었다.

─뭐해애.

─내가 자유롭게 도와줄게.

―우와, 자유우.

원래는 집에 고정돼 있는 걸 뜯어내려 했으나, 예상보다 단단했다. 잘근잘근 씹는 것으로 작전을 바꾸었다. 진돗개는 그런 베리를 지켜봤다.

―도와줄까아?

―뭐?

―내가 앞으로 가면 줄이 좀 당겨지려나아?

베리는 맥이 탁 풀렸다. 당사자는 자유고 뭐고 관심도 없는데 뭣하러 이 고생을 하고 있는가.

―됐어, 여기서 만족하면 여기 살아. 인간이나 기다리고. 난 자유롭게 갈 테니까.

―오오, 자유. 어디로 갈 건데에?

―……

―왜 또 말이 없어어.

―힘들어서.

다른 뜻이 있는 말은 아니었는데, 진돗개는 몸을 움직여서 집을 보여주었다. 딱 몸만 들어갈 정도의 플라스틱 집이었다. 따듯하고 안락하다기보다는 단지 비바람을 피하는 장소에 지나지 않아 보였다.

하지만 지금 베리에게는 그마저도 귀했다.

─들어와아.

금세 잠든 진돗개가 코를 골기 시작했지만 베리는 신경 쓸 새가 없었다. 생각하느라 바빴다. 진돗개의 별거 아닌 질문이 큰 의문으로 다가왔다.

이제 어디로 가야 할까?

민수와 함께 살 때는 이런 고민을 하지 않았다. 좁은 집에서도 행복했다. 민수에게 사랑을 받았으니까. 그걸로 충분했으니까. 자유 같은 건 생각할 필요도 없었다.

다만, 불안했다.

산책 숫자가 줄어들수록 걱정됐다. 숫자를 늘리기 위해 온갖 수를 써봤다. 민수의 기분이 좋아지게 애교를 부렸다. 사료를 일부러 적게 먹었다. 하지만 숫자는 늘어나지 않았다. 산책을 할 때마다 하나씩 줄어들 뿐이었다.

결국 마지막 산책이 이루어졌다.

그때까지도 베리는 희망을 놓지 않았다. 민수 주변에 위험한 게 있지 않나 살폈다. 민수가 죽어서 헤어지는 줄 알았으니까. 민수를 잘 지키면 산책 횟수가 늘어날 거라고 믿었다.

그래서 민수가 자신을 이동 장에 가두고, 어딘가로 달려갈 때 미친 듯이 난리를 쳤다. 그렇게 뛰면 큰일이 난다는 걸 알리기 위함이었다. 그러다 이동 장이 벌러덩 넘어졌다. 베리의 시야가 뒤죽박죽이 됐다. 다시 고개를 들었을 때, 저만치에 민수의 하얀 옷이 보였다. 민수에게는 딱히 큰일이 일어날 것 같지 않았다.

그때 문득 스친 생각.

'내가 죽나?'

도와달라고 몸부림쳐도, 민수는 끝내 돌아보지 않았다. 베리는 심장이 타오르는 기분을 느꼈다. 완전히 잿더미가 됐다고 느낄 정도로 모든 의욕이 꺾였다. 그리고 그 순간 '자유'가 떠올랐다. 고작 이렇게 끝날 인간의 사랑 때문에 자유를 느끼지 못한 삶이 비참했다.

그러니 이제 사랑 같은 건 필요 없다.

중요한 건 자유다.

하지만 여전히 어디로 가야 할지 모르겠다. 밤새 고민했지만 답은 나오지 않았고, 해가 뜨고 나서야 졸리기 시작했다. 베리도 진돗개처럼 눈을 감았다.

그때 바깥이 소란스러워지기 시작했다.

버스 몇 대가 줄지어 공장으로 들어오고 있었다. 차에서 인간들이 하나둘 내렸다. 도망쳐야 할까? 하지만 진돗개에게 인사를 하지 못한 게 마음에 걸렸다. 갈팡질팡하는 사이, 베리를 발견한 사람들이 몰려들었다.

"뭐여, 개 또 있어!"

"떠돌이인가 봐."

"야, 4년제! 쟤 좀 봐라!"

똑같은 유니폼을 입은 인간들이었다. 그중, 유독 한 인간이 눈에 들어왔다. 다른 인간들에게 이끌려 베리 앞에 선 그와 눈이 마주친 순간, 베리는 자신도 모르게 짖어댔다. 그럴 수밖에 없었다. 모자를 써서 얼굴이 잘 보이지 않는다 해도, 냄새로 확신할 수 있었다.

"깨갱…… 깽!"

그것을 강아지어로 번역하면 아래와 같다.

─민수야……!

7장

'O'

―아니야, 분명 또 올 거야아! 어제는 바빴던 거야아!

―…….

―왜 자꾸 그래애.

―뭐가.

―그 남자가 산책시켜주는 거 맞냐면서 의심하다가, 갑자기 아무 말도 안 하잖아아.

베리는 진돗개에게 민수에 대해 얘기할까 고민했다. 베리가 민수를 애타게 불렀을 때, 진돗개는 잠들어 있어서 제대로 듣지 못했다. 뒤늦게 민수를 보며 저 인간이라고 자랑했을 뿐이다. 베리의 속도 모르고.

결국 베리가 얘기하지 않은 건, 질투가 났기 때문이다. 자신을 버려놓고선 진돗개를 산책시켜주다니. 정말 사랑하기는 했던 걸까. 베리는 그것을 명확하게 확인해보고 싶었다.

—너 숫자 몇 번 나왔어?

—으응? 무슨 숫자아?

—산책 말이야.

—확인 안 해봤어어.

어처구니가 없었다. 고작 몇 글자의 주문도 제대로 외우지 못하는 애가 내 다음이라니. 만약 얘보다 낮은 산책 숫자가 나온다면 몹시 자존심이 상할 것 같았다.

—괜찮아, 이따 확인해보면 되지. 도기도기…….

—총총!

—뭐야, 주문 아네.

—몰랐어어?

—내가 몰랐겠냐!

베리는 자기도 모르게 언성을 높이고 말았다. 진돗개는 풀이 죽은 듯 꼬리를 축 늘어뜨렸다. 약간 미안한 마음이 들었지만, 여전히 자존심 때문에 사과하기 싫었다. 이렇게 마음도 약한 애한테 밀렸다니.

―아는데 왜 확인 안 했어?

―난 이제 안 해애.

―옛날에는 했단 소리냐?

―했지이.

진돗개는 베리의 눈치를 보면서 얘기했다. 잘못을 저지르고 변명하는 듯한 모습이었다. 원래는 지나가는 인간마다 빠짐없이 주문을 외웠다고. 근데 정말, 누구를 해도 '0'이 나왔다고. 공장의 사람들 다 똑같았다고. 제발 '1'이라도 나와라 했는데, 한 번을 안 나왔단다.

그건 예상 밖의 이야기였다. 베리의 미안함이 커졌다. 사실 나쁜 건 진돗개가 아니라 민수를 비롯한 인간들인데. 이런 곳에 묶어둬서 자유를 뺏고, 제대로 된 사랑도 주지 않는. 무시당할 걸 알아도 짖어대게 만드는.

―그 다음은 어떻게 됐는데?

―으응?

―그래서, 뭐 어쨌든 숫자가 나왔을 거 아니야.

―안 나왔는데에?

얘기는 이미 끝나 있었다. 이제껏 진돗개의 삶에서 '0'보다 많은 산책 횟수가 나타나는 인간은 한 명도 없었단다.

—그럼 그러고 바로 민수…… 아니, 산책시켜주는 인간 만난 거야?

—민수가 뭐야아.

—아, 음.

—뭔데, 뭔데에.

—우리 옆집에 살던 개 이름이야.

—반갑네에.

—전해줄게.

—근데 우리, 무슨 얘기하고 있었지이?

—왜 너를 산책시켜주는 남자의 숫자는 확인 안 해봐.

—다 잊어버렸어어.

—도기도기총…… 아니, 알고 있다며.

—주문이 아니라, 주문을 하는 마음이라고나 할까아.

처음에는 진돗개가 한심하다고 생각했다. 인간을 제대로 평가할 생각조차 안 하고 있으니까. 저러다가 나쁜 인간한테 끌려가면 어쩌려고 저런담.

그런데 얘기를 듣다 보니, 점점 부럽기도 했다.

산책 횟수를 안다고 한들, 바뀌는 건 아무것도 없다. 차라리 몰랐으면 하고 생각했던 적이 많다. 하지만 그럴 수 없었다. 불안했기 때문에 확인할 게 필요했다. 확인한다고 불안이 사라지는 게 아니란 걸 알아도 항상 같은 행동을 반복했다.

그랬던 자신과 다르게 살아가는 강아지를 보니 베리는 이런 말이 나올 수밖에 없었다.

─나도 그럴걸.

─응?

─확인하지 말걸 그랬어.

─왜 그래애.

진돗개가 베리를 핥기 시작했다. 평소의 베리라면 혓바닥 치우라고 성질냈겠지만, 지금은 힘이 없었다.

─난 버려졌거든. 이걸 아는 이유는 숫자를 확인했기 때문이야. 아니라면 버려진 줄도 모르고 있겠지. 다시 만나려고 애쓰고 있겠지. 근데 분명해. 나랑 살던 인간은 이백 번의 산책이 끝나고 나를 버렸어.

―많은 거야아?

　―펫 숍에 나를 보러 왔던 인간들 중에는 제일 많았어. 그래서 애교를 부렸고, 나를 데려가줬지. 난 계속 최선을 다했어. 숫자가 줄어들어도 더 늘려보려고 열심히 사랑했어. '0'이 되는 순간까지도 그랬어. 근데, 왜…….

　―멋져어.

　―뭐?

　―멋있어어. 인간한테 사랑을 줬구나아.

　진돗개는 또 혼날까 봐 미리 꼬리를 내려뜨렸다. 하지만 그럴 필요가 없었다.

　―맞아, 난 사랑을 줬어. 아무것도 모른 채로.

　―나도 아무것도 몰라아. 산책시켜주는 사람 기분 좋게 해주고 싶은데, 어떻게 해야 돼애?

　진돗개는 다시 꼬리를 살랑거리며 물었다. 사랑하는 방법. 그건 베리도 해결하지 못한 문제였다. 완벽하게 줬다고 자부하지만, 사실은 사랑을 줬던 걸 후회하고 있었으니까. 사랑의 결과가 버려짐이었으므로 베리는 해줄 말이 없었다.

　다만, 절대로 말하지 않을 건 하나 있었다. 베리는 민수에 대해 얘기하지 않기로 했다. 진돗개의 사랑을 망치고 싶지 않았다. 경고 정도는 해줄 수 있겠지만, 결국 그건 베리가 받은 상처를 진돗개도 같이 받게 하는 일이었다. 얼른 떠나줘야겠다는 생각이 들었다.

하지만 어디로 가야 할까?

베리에게는 여전히 같은 문제가 남아 있었다.
문득 유나가 떠올랐다. 그와 한 번의 산책이 남아 있었지만, 베리는 제 발로 뛰쳐나왔다. 지금 생각해보면 조금 미안한 마음이 들었다. 따뜻한 밥도 처음으로 만들어줬던 인간인데, 도망칠 때 한 번 정도는 뒤를 돌아볼걸 그랬나? 만약 그러지 말고, 함께 집으로 돌아갔다면 어떤 미래가 펼쳐졌을까.
―또 그러네에.
―뭐가.
―갑자기 말을 안 하잖아아.
―인사말을 생각하는 중이었어.
―인사아?

―계속 여기 있을 수는 없잖아. 그래도 얘기하면서 좋았어. 기분도 좋아졌어. 그러니까 너도 산책 잘 하고, 행복하길 바랄게.

―흑흑.

진돗개가 뜬금없이 울기 시작했다. 베리는 당황했다. 강아지가 꺼이꺼이 우는 건 처음 봤다. 아니, 무엇보다 애가 눈물도 흘리는구나 싶었다.

―괜찮아?

―인사해줘서 고마워어.

―이게 뭐라고…….

―처음이야아. 맨날 나만 인사했거든. 누가 갑자기 안 나타나면 아, 헤어진 거구나 하고……. 그건 너무 슬퍼어.

베리는 그 앞에서 아무런 말도 할 수 없었다. 서럽게 우는 진돗개를 보면서 마음이 아팠다. 그칠 줄 모르고 울던 진돗개는 그러다가 다시 웃기 시작했다.

―호호.

―뭐냐.

―저기 온다아! 내 말 맞지이!

유니폼을 입은 무리들 사이에 민수가 있었다. 공장 쪽

으로 향하는 인간들과 달리, 당당하게 이쪽으로 다가오고 있었다.

"베리야."

민수의 목소리가 아니었다. 여자 목소리였다. 민수 옆에 있는 인간. 베리도 아는 얼굴이었다. 아마도 주문을 외우면 '1'이라는 숫자가 머리 위에 나타날……. 유나가 베리를 불렀다.

8장

강아지를 키운다는 것

 베리가 사라진 그날, 유나는 밤새 호수공원을 헤집다 아침이 되자 경찰서로 향했다. 두 가지 도움이 필요했다. 휴대폰 충전과 실종 신고였다. 둘 다 간단하게 끝났다. 조서를 작성하는 일은 휴대폰을 건네는 것만큼이나 쉬웠다.

 보호자 이름, 연락처.
 강아지 이름, 나이, 성별, 중성화 여부, 동물 등록 여부, 외형 특징.

사진은 필요하지 않았다. 유나는 전공을 살려서 순식간에 베리의 모습을 볼펜으로 그렸지만, 경찰은 그림을 보고 쓸쓸한 미소만 지을 뿐이었다.

"알겠습니다."

"……이대로 끝이에요?"

"네, 댁으로 돌아가시면 연락드리겠습니다."

휴대폰 배터리가 십 퍼센트도 충전되지 않았을 것 같을 만큼 잠깐이었다.

"저희가 이 정보를 토대로 제보가 들어오면 바로 연락을 드리겠습니다. 하지만 저희가 따로 전단을 만들거나 별도의 수색을 할 수는 없다는 점을 미리 말씀드려요."

"또 제가 어디에 가보면 좋을까요?"

"동물병원이나 유기견 보호소에서 보호하는 경우도 있긴 한데, 솔직히 말씀드리면 신고자분이 직접 유동 인구 많은 곳에 전단을 붙이는 게 빠를 겁니다."

"전단지 말씀이시죠?"

"네, 인터넷에도요. 사람들이 많이 볼 수 있는 곳에 올리면 좋죠. 다 그렇게 찾더라고요."

사람들이 많이 볼 수 있는 곳……. 항상 주목받는 공간이 머지않은 곳에 있었다. 심지어 유나 마음대로 사용할 수 있었다. 잠시 닫아두긴 했지만.

경찰서를 나오자마자 유나는 휴대폰을 확인했다. 곧장 앱스토어에 들어가 사용하던 SNS 앱을 다운로드했다. 계정을 삭제하지 않고, 앱만 삭제해둔 덕분에 간단한 인증 절차만 거치면 됐다.

로그인을 하자 곧 수많은 사람들의 관심을 받고 있는 자신의 계정이 나타났다. 그동안 유나가 전혀 관리하지 않았음에도 댓글과 메시지가 끊이지 않았다. 대부분 유쾌한 내용은 아니었지만, 지금 그런 건 중요하지 않았다.

유나는 빠르게 게시물을 작성했다. 먼저 업로드할 사진을 골라야 했다. 베리의 사진을 많이 찍어두지 않은 게 후회됐다. 흔들리거나 초점이 나간 것을 제외하고 보니 남아 있는 사진은 한 장이 전부였다. 지난밤 호수공원 언덕에서 찍은 것이었다. 사진 속 베리는 멀뚱히 카메라를 바라보고 있다.

베리는 이때 무슨 생각을 하고 있었을까.

휴대폰 화면이 어두워지며 배터리 부족 알림이 떴다. 얼른 내용을 적어야 했다.

처음에는 베리의 외모를 묘사하다 사진을 함께 올리는데 이런 정보가 필요할까 싶어서 지웠다. 그 다음에는 사과의 문장을 적었다. '카운팅'에서도 좋지 못한 모습을 보인 것도 모자라, 강아지까지 잃어버린 자신에 대한 자책이었다.

그러는 사이에도 배터리는 줄어들고 있었다. 게임에서 체력 수치가 다 떨어지면 캐릭터가 죽듯이, 휴대폰이 꺼지기 전에 게시물을 업로드해야지 베리를 찾을 수 있을 것 같았다.

결국 몇 문장의 핵심 정보만 작성했다. 간단한 인사말과 함께 사례금을 걸었다. '카운팅'의 출연료로 받았으나 차마 쓰지 못하고 있던 돈. 방송국이 정당한 편집을 했다고 인정하는 꼴 같아서 아끼고 아끼던 비상금을 써야 할 때였다.

유나는 다시 택시 앱을 켰다. 이른 아침이었음에도 수

많은 SNS 댓글 알림이 택시 호출을 방해했다. 그러자 굳이 택시를 타고 집에 갈 필요가 없겠다는 생각이 들었다. 유나는 휴대폰을 주머니에 넣고 버스 정거장을 향해 걸었다. 지갑이 손에 닿았다.

마스크는 언제 잃어버린 걸까.

편의점에서 새로 하나 살까 하다가, 그마저도 필요 없겠다 싶었다. 이렇게 SNS에 게시물을 올린 이상 버스에서 누군가 알아보는 게 무슨 상관일까. 주머니 속의 휴대폰은 어느새 진동이 멎어 있었다. 한산한 주말 오전의 버스에서 유나는 휴대폰을 다시 꺼냈다. 검은 화면에 한 사람의 얼굴이 비쳤다.

집에 오자마자 충전기를 찾았다. 어디에 둔지 기억이 나질 않아 한참을 뒤적였다. 화면이 켜지자 SNS 댓글 알림이 우후죽순 쏟아졌다. 글을 올린 지 채 한 시간도 되지 않았는데 벌써 댓글은 천 개 가까이 달렸다.

불쌍한 척하려고 주작하는 거 아님?
돈 자랑하네

옛날에는 이런 댓글들을 보면 죽을 만큼 힘들었지만, 정작 진짜 죽었을 지도 모르는 베리를 생각하니 아무런 상관이 없었다. 오히려 맞서 싸울 힘이 생겼다. 강아지가 사라졌다는데 그딴 말이 나오느냐는 대답을 하고 싶었다.

하지만 일분일초가 아까운 상황에서 시간을 낭비할 수 없었다. 이렇게 편하게 휴대폰 자판이나 두드릴 동안 베리는 어딘가에서 굶고 있을지 몰랐다. 답글을 달고 싶은 충동을 억누르며 이번에는 SNS 메시지 창을 열어 보았다.

먼저 친구들의 메시지가 보였다. 그중 하정의 메시지가 눈에 띄었다. 차마 열어보지는 못했지만 가장 나중에 온 메시지는 미리보기로 확인할 수 있었다.

[혹시 방 뺐어? 확인 한번만 해주라…….]

걱정이 묻어난 내용을 가만히 보다 이번에는 '친구가 아닌 사용자의 메시지'가 분류된 탭을 선택했다. 지난 몇 달간 쌓인 메시지들이 수두룩하게 나타났다. 어젯밤 휴대폰을 켰을 때처럼 요란하게 진동이 울렸지만, 지금은 그때와 달랐다.

이제는 그 소리에 놀랄 베리가 옆에 없었다.

이제 유나가 베리를 찾기 위해 할 수 있는 일은 끝이었다. 남은 건 기다리는 일이었다. 경찰서에서는 아무 연락도 없었다. 혹시나 하는 마음에 유기견 보호소와 근처 동물병원에 전화를 돌렸지만, 베리에 대한 소식은 찾을 수 없었다.

유나의 눈꺼풀이 점점 무거워졌다. 애써 정신을 다잡으며 수시로 댓글창을 체크했다. 한 번 새로고침을 할 때마다 새로운 욕설이 나타났다. 어떤 건 보기만 해도 기분이 나빴고, 어떤 건 참 창의적이라서 욕인데도 헛웃음이 나왔다. 응원하는 말로 시작해서 욕으로 끝내는 속임수도 있었다.

그러는 사이, 창밖이 캄캄해졌다.

아무리 새로고침을 해도 SNS에는 유나를 헐뜯는 내용뿐 베리에 관한 연락은 없었다. 근처 유기견 보호소의 현황이라도 확인하려고 포털사이트에 들어간 유나는 깜짝 놀랐다. 유나의 소식을 알리는 기사가 떠 있었다.

'카운팅' 3기 미대생 충격 근황

사랑도 포기, 강아지도 포기

포털사이트 운영 방침에 의하여 연예 뉴스로 분류된 해당 기사에는 댓글을 달 수 없었다. 그 대신 수천 개의 공감이 달린 기사를 보면서 묘한 기분이 들었다.

베리의 실종 소식을 알려줘서 고맙다고 해야 할까.

아직까지도 화제 인물로 자신을 소비하는 것에 대해 분노해야 할까.

어쨌거나 이대로라면 SNS를 하지 않는 엄마도 베리의 소식을 알게 될 터였다. 머리가 아팠다. 점점 더 심해지는 것 같았다. 엄마에게 어떻게 설명을 해야 할지 복잡한 마음이 들었고, 감기 기운도 있는 듯했다. 외투도 제대로 입지 않은 상태에서 밤새도록 호수공원을 돌아다닌 탓일까. 와중에도 휴대폰은 계속 울려댔다.

점점 의미가 있을까 회의감이 들었다. 의미가 없다는 핑계로 이런 욕들을 그만 보고 싶었다. 하지만 이런 식으로 또 도망갈 수는 없었다. 혼자 도망가는 거면 몰라도, 내가 도망가다가 다른 누구를 다치게 하는 일은 만들고 싶지 않았다. 유나는 무언가 달라지기를 바라며 계속 새로 고침을 했다. 그리고 다음 날, 민수로부터 메시지가 왔다.

*

 민수는 여자를 쳐다봤다. 화면으로 봤을 때보다 훨씬 말랐다. 분명 다 가진 사람처럼 보였는데……. 방송용 카메라로 담으면 원래 그런 걸까. 지금은 그냥 자신과 별반 다를 바 없는 사람 같다. 그동안 스트레스를 받아서 살이 빠진 걸까. SNS에 달린 댓글을 하나하나 읽어봤을까. 그렇다면, 내가 단 댓글도…….
 아니, 이런 건 중요하지 않다. 민수는 연애 예능프로그램 참가자가 아니었다. 여자를 관찰할 필요는 없었다. 돈만 받으면 됐다. 강아지를 찾아준 사례금.
 "정말 감사합니다."
 이윽고 여자가 가방에서 현금을 꺼냈다. 머쓱한 듯 급히 오느라 봉투에 담지 못했다며 사과했다. 민수는 이 순간이 꿈처럼 느껴졌다. 악몽이나 길몽 같은 걸 말하는 게 아니다. 두서없이 변화가 계속돼도 잘만 이어지는 꿈처럼 움직이면 움직일수록 이상한 일들이 벌어졌다.

어제는 갑자기 베리가 나타났다.

박스 앞에 앉아 있는 베리를 보고는 정말이지 깜짝 놀라서 그 자리에 얼어붙었다. 애써 읽지 않고 미뤄둔 편지를 강제로 읽어버린 기분이었다. 당연히 데려가야 한다는 생각이 들었지만, 그대로 행동하는 건 별개의 일이었다. 복잡한 마음을 무시하고자 휴대폰을 켰다. 이럴 때는 SNS를 하면서 남들의 일상을 들여다보는 게 도움이 됐다. 그래서 습관처럼 검색하는 몇몇 계정을 둘러보다 베리를 만났을 때보다 더 놀라고 말았다.

제가 아니라, 우리 강아지를 위해서 잠시만 읽어주세요.

몇 달째 게시물이 올라오지 않던 여자의 SNS에 베리의 사진이 있었다. 그는 한 연애 예능프로그램의 출연자였다. 민수와 같은 이십 대 출연자들이 5박 6일 간 섬에서 생활하며 연애 상대를 찾는 프로그램이었다.

민수는 열두 명의 출연자 중 유나에게 제일 눈이 갔다. 민수와 같은 도시의 대학교를 다니고, 자취한다는 공통점 때문도 있었지만, 프로그램 내에서 제일 못난 것처럼 묘사됐기 때문이었다. 민수는 그게 탐탁지 않았다.

프로그램 인터뷰에서 자신은 얼굴이 그렇게 예쁜 편이 아니고, 운동도 못해서 미션에서 1등도 못하고, 그러니 마지막 날 최종 매칭에 실패할 거라고 말하지만, 결국 방송 프로그램 안에서의 실패일 뿐이지 않은가.

애초에 방송에 출연하는 것부터 쉽지 않은 일이다.

SNS 들어가 보니까 아나운서가 꿈이라는 포스팅도 있던데, 스스로 평균 이상의 외모라는 걸 알지 못한다면 그런 꿈조차 가질 수 없다. 아니, 가졌다 하더라도 이렇게 자랑하듯 드러내지 못한다. 민수는 잘 알았다. 자신도 한때는 아나운서를 꿈꿨지만, 그 누구도 응원해주지 않았기 때문이었다.

결국 포기하고 어중간하게 공부하다가, 단지 집에서 밀리 나오기 위해서 서울권으로 대학을 갈 수 있음에도 부러 이 도시로 왔다. 그와 달리 유나에게는 가능성이 있었다. 다른 포스트를 보니, 함께 여행을 다닐 만큼 사이가 좋은 엄마도 있다. 이런 프로그램에서 작은 망신을 당한다 한들 인생이 망할 사람이 아니었다. 마음속 깊은 곳에서는 그 사실을 알고 있으면서, 아닌 척 엄살을 부리는 게 꼴 보기 싫었다. 훨씬 더 좋은 환경에 있었으면서 같은 도시의 대학에 온 주제에.

그래서 댓글을 달았다. 유나의 사과문 포스팅이 무책임하다고.

아직 프로그램 끝나지도 않았는데 이런 글을 ㅋㅋ

만약 자신이라면, 적어도 프로그램이 끝날 때까지는 묵묵하게 있을 거라는 마음을 담았다. 아니, 오히려 유쾌하게 맞서고 당당하게 사과할 거라고도 썼다.

거기 누군가 답글을 달았다. 공감일 줄 알았는데, 반박이었다. hajeong0914라는 아이디를 가진 사용자였다.

존나 찌질하네, 부계정으로 악플 다냐?
나 부계정 아닌데?
부계정 아닌데 팔로워가 다섯 명도 안 돼?

'아니, 그만큼 친구가 없는 사람이 있을 수도 있지…….'

하지만 상대는 민수가 진심으로 부계정을 사용한다고 믿고 있었다. 그걸 해명하는 것 자체가 너무 구차한 일이라서 민수는 반박하기를 포기했다. 그러자 상대도 더 이상 댓글을 달지 않았다. 민수 말고 다른 사람들에게 마저 댓글을 달았다. 민수에게 했던 것과 똑같이.

하지만 계속해서 그러지는 못했다. 마지막 회가 방영되고 "저한테 표 주지 마세요"라고 말하는 유나의 모습은 그도 두둔하기 어려운 모양이었다. 그때는 이미 유나가 몇 달째 게시물을 올리지 않은 뒤였다.

몇 가지 루머가 돌았다.

그래도 얼굴은 예뻐서 어떤 사업가와 결혼하고 잠적했다거나, 휴학하고 워킹홀리데이로 호주에 갔다는 등의 이야기였다.

하지만 프로그램이 끝나고 사람들의 관심은 옮겨 갔고, 민수도 점점 유나를 잊었다.

현실을 살기 바빴다.

이번 학기도 졸업을 유예했고, 해가 갈수록 줄어들던 선택의 폭이 이제는 아예 없어진 것 같고, 군대에서 모았던 돈은 거의 다 썼는데 아르바이트 자리는 없고, 대학을 안 다니는 사람도 할 수 있는 일을 직업으로 삼기에는 억울하고, 그 와중에 베리 산책도 시켜야 했고, 책임도 져야 했는데 돈도 점점 떨어지고, 밥 먹을 돈은 아끼면서 사주 앱에 돈을 쓰고, 근데 딱히 내년이 궁금하지도 않고, 그만 살겠다고 다짐하고, 유서는 쓸 필요성을 못 느끼고, 하지만 베리를 위한 편지는 쓰고, 공원에 베리를 두고 번개탄을 사서 집으로 돌아오고, 뒤늦게 겁이 났지만 베리도 버려놓고 뭘 더 사냐고 생각하며 자살을 시도하고,

실패하고,

운이 좋은 건지 나쁜 건지 분간이 안 가고, 자살하는 청년이 많아서 자취방에 스프링클러가 설치됐다는 걸 알게 되고, 그들도 같은 심정이었을까 궁금해하고, 그들은 느끼지 못했을 안도감을 느끼고, 벽지에 연기가 새어 들면 교체하지 않는 이상 청소할 방법이 없다는 것도 배우고, 배상금 삼백만 원을 확인하고, 하지만 또 자살을 시도할 용기는 안 나고, 주인집 아주머니로부터 돈은 천천히 줘도

된다는 말을 듣고, 하루라도 빨리 드리기 위해 일을 찾고, 스스로에게 벌을 주는 느낌으로 그토록 기피하던 몸 쓰는 일을 시작하고, 자신이 큰 다짐을 하고서야 도착한 곳에 누군가의 삶이 있는 걸 보고, 부끄러움을 느끼고, 졸업도 못했는데 4년제란 별명이 붙고, 기대에 부응하고 싶어지고, 땀을 흘리면서 점점 마음이 회복되는 듯하고, 하지만 집에 돌아오면 어김없이 베리에 대한 죄책감을 느끼고,

마침내 오늘.

자신 같은 사람의 연락을 확인이나 할까 했는데, 답장은 놀랄 만큼 빠르게 왔고 덕분에 이 자리에 서 있다. 민수는 여자가 건네는 현금을 바라봤다. 저 돈이면 밀린 월세와 보수 공사로 물어줘야 하는 돈을 단번에 해결할 수 있었지만,

"아니요, 못 받겠습니다."

말을 하고 나서야 '안 받겠습니다'가 아닌 '못 받겠습니다'라고 말한 게 마음에 걸렸다. 다행히 여자는 별로 신경 쓰지 않는 듯했다. 그저 베리에게 집중하고 있었다. 민수

는 그 모습을 보면서 기쁨과 슬픔을 동시에 느꼈다. 베리가 좋은 보호자를 만나서 기뻤다. 그만큼 자신은 나쁜 보호자였다는 생각이 들었다.

"돈 도로…… 가져가세요."

"네?"

이제야 민수가 하는 말을 제대로 알아들은 유나는 당황했다. 기뻐할 줄 알았는데, 왠지 표정이 슬퍼 보였다.

"안 받으신다고요?"

"유나 씨 강아지에게 맛있는 거 사주세요."

"……."

민수는 갑자기 말을 멈춘 유나가 무서웠다. 빤히 자신을 쳐다보는 게 내면을 꿰뚫어 보는 것만 같았다. 혹시 베리를 버린 사람이 자신이라는 사실을 아는 걸까.

하지만 그런 문제가 아니었다.

"저를 아시네요."

"네?"

"제 이름을 말하시기에……."

"아. 헉. 그게, 그러니까, 저…… 유나 님 방송에서 봤었거든요. 바지도 깨끗하게 손세탁하시고, 커피도 좋아하시고, 또 뭐 하셨더라. 여튼, 되게 좋아 보였어요…….."

최악의 멘트였다. 방송을 봤다는 건, 빌런처럼 묘사된 유나를 봤다는 거고, 유나가 좋아 보였다는 건…… 누가 들어도 거짓말이었다.

지금이라도 해명을 해야 할까. 아니, 그럴수록 더 구차해질 것만 같다. 민수는 누군가 나타나서 자신을 구해주기를 바랐다. 기도를 들은 걸까. 갑자기 공장 아저씨들이 나타났다. 어디서 가져왔는지 새우깡 봉지를 양손에 쥐고 북처럼 치면서 노래를 불렀다.

"잘 어울린다!"

"축하한다!"

"네?"

아저씨들은 아랑곳하지 않았다. 비가 올 때까지 기우제를 지내듯 주접을 멈추지 않았다. 갑자기 발생한 이벤트를 놓칠 수 없다는 듯이 열심히했다.

"애가 일을 얼마나 잘하는 줄 알아요? 요즘 애들답지 않게 꾀도 안 부려요."

"그런 얘기 하면 어떡해. 이분도 요즘 애들인데."

"아, 미안요."

"얘 공부도 잘해요. 이 옆에 명문대 알죠? 그거 다녀."

"얘 그 학교 아니야. 딴 학교야."

"언제 옮겼어?"

"원래부터 그 학교였어."

"어쨌든 4년제잖아. ……그건 맞지?"

민수와 유나가 반응이 없자, 아저씨들의 시선은 베리에게로 향했다.

"얘가 개도 엄청 좋아해요. 점심마다 진돗개 데리고 산책 가거든."

"둘이 사귀면 그, 뭐냐, 산책하면서 데이트하면 되겠네!"

"내가 혼수로 집은 해드릴게, 물론 개집."

"잠깐!"

한 아저씨가 다른 아저씨들을 조용히 시켰다. 모두의 이목이 집중됐다. 코미디에서 마지막 한 방을 위해 잠시 군중들을 집중시킨 순간 같았다. 이제 회심의 멘트를 해주기를 바랐다.

"이 새끼…… 얼굴 왜 이래?"

"얼굴은 원래 저렇잖아."

"아니, 우는데……?"

민수의 눈가에 살짝 눈물이 맺혀 있었다. 자주 우는 건 알고 있었지만, 지금은 울 상황이 아니었다. 돈도 생기고, 여자 인맥도 생겼는데, 왜……. 어, 서, 설마…….

"……이미 차인 거 아니야?"

아저씨는 그 추리를 민수, 유나는 물론 베리까지 들을 수 있게 떠들었다. 그래놓고는 정작 유나가 쳐다보니까 도망갔다. 다른 아저씨들도 뒤따라갔다. 불 지르고 도망가는 꼴이었다.

정작 그걸 꺼야 하는 건 유나였다.

"괜찮으세요?"

"죄송합니다, 요즘 제가 상태가 안 좋아서요. 많이 힘들다가 여기 온 건데, 저분들이 저를 엄청 치켜세워주거든요. 그냥 놀리는 건데도 가끔 고마워서 울컥하게 되더라고요. 부담스러우셨죠. 다시금 죄송합니다."

"아니에요. 힘드신 와중에 저희 강아지 챙겨주셔서 제가 감사하죠."

"당연히 챙겨야죠."

민수는 베리를 바라봤다. 베리는 더 이상 민수를 쳐다

보지 않았다. 다시 만난 민수를 반가워하던 모습은 어디에도 없었다. 이제야 미워진 걸까. 어쩌면 이별을 예감한 걸지도.

"애기랑…… 정이 많이 드셨나 봐요."

"아, 아닙니다……."

"강아지 키워본 적 있으세요?"

"……없습니다."

"저도 처음이에요. 일주일도 안 됐어요."

"유기견 보호소에서 데려오신 거죠? 올리신 글에서 읽었습니다."

"제가 데려온 건 아니에요."

"그러면요?"

"엄마요. 제가 어릴 때부터 막 졸랐었거든요. 강아지 키우고 싶다고. 귀엽고, 사랑스럽고, 늘 곁에 있어주고, 사랑을 주는 존재가 옆에 있으면 좋잖아요. 옛날에는 안 된다더니, 엄마도 이제 이해가 되나 봐요."

"마냥 그렇지 않을 거예요."

"네?"

"오히려 사랑을 줘야 하는 존재예요. 끊임없이 바라봐

줘야 하죠. 사람이랑 똑같이 누가 옆에 없으면 불안해하고, 무서워하거든요."

"어떻게 그렇게 잘 아세요?"

"······저도 키우고 싶었어요. 많이 알아봤죠."

"왜 안 키우세요?"

"그럴 자격이 없는 것 같아서요. 기껏 데려왔다가 돌려주지도 못할 거 받기만 할 바에는······. 그냥 멀리서 지켜만 보려고요. 마음을 주지도 말아야죠."

"그럼 왜 저 애를 챙겨주세요?"

유나가 진돗개를 바라보며 말했다.

"아까 들어보니까, 점심마다 산책시켜주신다고······."

이윽고 수월하게 대화를 나누는 스스로에게 놀랐다. 상대가 대답이 없어도 기다릴 줄 알았다. 진작 이렇게 했으면 '카운팅'에서도 좋은 모습을 보였을 텐데. 민수는 말을 고르는 것 같기도, 과거를 들여다보는 것 같기도 했다.

유나는 그 모습에서 자신을 봤다. 스스로에게 솔직하지 못한 사람. 사랑받고 싶으면서 도망치는 사람. 조금이나마 돕고 싶었다.

"······그러게요."

"받아주세요."

"뭘요? ……아."

"언젠가 책임질 강아지를 위한 거라고 생각해주세요."

민수는 유나가 건네는 현금을 바라봤다. 하지만 이미 마음을 굳힌 뒤였다.

"아니요, 괜찮습니다. 유나 씨, 강아지랑 행복하세요."

"진짜 안 받으실 거예요?"

"네."

"사실, 이건 '카운팅'에 출연하고 받았던 거거든요. 처음부터 제 돈이 아니라고 생각했어요. 그러니까 편하게 가져가셔도 돼요."

"그래도……."

"그럼 이건 어때요. 반씩 가져요."

유나가 현금 뭉치의 반을 나눴다. 정확하게 딱 떨어졌는지 확인해볼 필요는 없었다. 더는 거절할 수 없을 것 같았고, 결국 민수는 고개를 숙였다.

어디선가 자동차 소리가 들려왔다. 점점 가까워지더니 공장 입구로 택시 한 대가 들어왔다.

"마지막으로 한번 쓰다듬어봐도 될까요?"

"당연하죠."

베리는 민수의 손길을 피하지 않았다. 베리의 귀가 팔랑팔랑 흔들렸다. 신기하게도 조금 전까지 왈칵왈칵 차오르던 눈물이 나오지 않았다. 울어도 변할 건 없다는 생각이 들었다.

"정말 감사했습니다. 복 받으실 거예요."

유나가 택시에 탔다. 민수는 손을 흔들다가 베리를 발견했다. 베리는 유나의 어깨를 디디고 서 민수를 쳐다봤다. 마치 이제 정말 끝이라는 걸 아는 것처럼. 택시가 출발하고 베리의 얼굴도 멀어져갔다. 민수는 이상한 기분이 들었다. 후회, 안도, 슬픔……. 온갖 감정이 뒤섞여 좀처럼 정의할 수 없었다. 민수는 베리와 유나가 시야에서 사라진 뒤에도 그 자리에 계속 남아 있었다.

"멍! 멍!"

진돗개가 부르는 소리에 민수가 뒤를 돌았다. 새로운 할 일이 있었다.

9장

밀린 답장

"……월."

그것을 강아지어로 번역하면 아래와 같다.

─……도기도기총총.

유나의 머리 위에 숫자가 나타났다. 그걸 보니 저절로 고개가 숙여졌다. 산책이 한 번밖에 남지 않은 까닭도 있지만, 무엇보다 유나와 눈을 마주치기 미안했다. 죄인, 아니 죄견이 고개를 못 든달까.

"답답했지, 베리야?"

유나는 그런 베리의 속내를 몰랐다. 오히려 자신이 죄

인이라고 생각했다. 산책을 많이 나가지 않아서 답답했을 테니까. 앞으로 고쳐나가면 된다고 생각했다. 더 많이 나가고, 맛있는 것도 많이 해주고. 그런데 왜 저렇게 짖는지 모르겠다. 베리는 가만히 있다가도 불쑥 유나의 얼굴을 바라보며 목소리를 냈다. 짖는다기보다, 무언가를 읊조린다는 것에 가까웠다. 혼잣말을 하는 느낌이었다.

유나는 휴대폰으로 '강아지가 짖는 이유'를 검색했다. 사고 이후 다시 휴대폰을 이용하게 된 유나였다. 여전히 모든 연락을 속속들이 확인하고 회신하는 건 아니지만.

강아지가 꼬리를 흔들면서 짖는 이유
집에 오면 유독 짖어대는 강아지 훈련법

그중에서 베리와 제일 가까운 건 '산책하려고 하면 흥분해서 짖는 강아지'였다. 참고 영상 속의 강아지들은 꼬리를 흔들면서 벌써부터 운동장에 도착한 듯 이리저리 뛰었다. 베리는 그것과 거리가 멀었다. 꼬리를 축 늘어뜨리기만 했다. 원래 이런 강아지였다면 모를까, 전에는 달랐다. 산책이라는 얘기만 들어도 좋아했다.

'혹시 길을 잃어버리고 세상이 무서워진 걸까?'

유나는 자기 때문에 베리가 이렇게 된 걸까 미안했다.

그런데 신기하게도 '강아지가 짖는 이유'를 검색하는 동안 베리는 얌전해졌다. 덕분에 마저 휴대폰을 할 수 있었다. 밀린 답장을 처리하는 중이었다.

[하정아, 그동안 연락이 없어서 미안해.]

쉽지 않을 거라 생각했지만 그보다도 더 쉽지 않았다. 답장해야 하는 메시지 수가 많았다. 줄곧 연락이 쌓여 있던 대학 친구들부터 시작해서 응원 메시지를 보내주신 고등학교 선생님, 계속 수강할 거냐고 묻던 아나운서 아카데미 등……

하정에게 보낼 메시지를 작성하는 데는 이틀이 걸렸다. 메시지를 입력하다가 누군가의 답장이 오면, 휴대폰을 덮고 마음을 가다듬을 시간이 또 필요했다.

[하정아, 그동안 연락이 없어서 미안해. 내가 답장하지 못했던 이유는……]

하지만 결국 전송하지 못했다. 미안하다는 말로만 해결하기에는 놓쳐버린 시간이 많았다.

한편, 베리 역시 유나가 달라졌다고 생각하고 있었다. 전에는 거들떠도 안 보던 휴대폰을 열심히 만지고 있다. 그러면서도 그게 미안한지, 계속해서 베리에게 말을 걸었다. 눈으로는 휴대폰을 보면서 입으로는 베리를 찾았다. 이따금 베리의 앞에 휴대폰 화면을 들이밀기도 했다. 자신이 무얼 하고 있는지를 알려주려는 듯했다. 베리와 대화를 하려고 노력하는 게 느껴졌다.

그래서 더 의문이었다.

'도대체 왜 한 번이 남았을까?'

도무지 이해가 가지 않았다. 유나가 자신을 버릴 인간 같지는 않았다. 그럴 거라면 애초에 공장까지 찾아올 필요도 없었다. 베리를 다시 집으로 데려가는 택시 안에서 격렬하게 베리를 쓰다듬으면서 기뻐할 필요도 없었다.

만약 그게 연기였다면…… 속았어도 괜찮았다.

아니, 차라리 속았다고 믿고 싶었다.

그러면 처음 마음먹었던 대로 유나를 스쳐 지나가는 인

간 취급하면서, 더 나은 인간, 그러니까 '산책 횟수'가 많은 보호자를 기다릴 수 있었을 거다. 하지만 베리는 이제 유나가 나쁘지 않았다. 아니, 좋은 편에 가까웠다. 조금씩 궁금해졌다.

쓰레기 봉지를 버릴 때 말고는 집밖으로 나가지 않는 인간.
휴대폰이 위잉 울릴 때마다 겁먹은 듯 숨을 몰아쉬는 인간.

그 인간이 앞으로 어떤 모습일지 궁금했다. 하지만 몇 번이고 주문을 외워보아도 남은 산책 횟수는 '1'에서 변함없었다. 정해진 운명 앞에서 베리가 할 수 있는 일은 기도뿐이었다.
―신님, 한 번만 더 늘려주시면 안 될까요?
역시나 신은 대답이 없었지만. 지켜보고나 있는지.

딩동, 딩동.

그런데 그 순간, 마치 계시처럼 누군가 벨을 눌렀다.

베리가 이 집에 온 이후 처음으로 들은 벨 소리였다. 세상이 유나와 베리를 불러내는 소리처럼 느껴지기도 했다. 베리는 두 눈을 동그랗게 뜨고 현관 쪽을 쳐다봤다. 유나는 혹시 베리가 짖는 소리 때문에 층간소음 신고가 들어온 건 아닐까 걱정했다.

하지만 문밖에서 들려온 건 익숙한 목소리였다.

"유나야."

하정이었다.

"안에 있니? 글 올린 거 봤어. 이사 안 갔구나."

유나는 허둥지둥 달려와 베리의 입을 막았다. 조용히 시키려는 의도였다. 정작 베리는 짖을 생각이 없었지만.

그 발소리를 들은 듯 문밖의 목소리가 순간 잦아들었다. 아주 잠깐 동안 문이 미세하게 흔들렸다. 밖에서 귀를 대고 있는 듯했다. 유나는 베리의 입을 막고 있던 손을 풀었다. 베리는 유나가 왜 이러는 지 알 수 없었다.

"안에 있으면…… 맛있게 먹어."

밖에서 부스럭거리는 소리가 들리더니 이내 발소리가 멀어졌다.

그 후에도 유나는 쉽사리 현관으로 향하지 못했다. 대신 창밖을 내다보았다. 베리도 유나를 따라 창문가로 가 앞다리를 들어서 창틀 위에 올렸다. 그렇게 기대면 바깥의 풍경이 더 잘 보였다.

한 여자가 오피스텔 입구를 빠져나가고 있었다. 검은 옷을 입고 있었다. 뒷면에 영어로 학교 이름이 적힌 점퍼였다. 유나의 집에도 똑같은 옷이 있었다. 신기함을 느낀 베리가 꼬리를 흔들자, 여자가 고개를 돌려서 이쪽을 쳐다봤다. 유나는 숨바꼭질이라도 하듯 재빠르게 창가에서 멀어졌다. 베리는 그 자리에서 계속 꼬리를 흔들었다.

'유나의 친구구나.'

얼굴을 기억하고 싶었지만, 점퍼 모자로 가리고 있는 데다가 거리가 너무 멀어서 잘 보이지 않았다. 베리는 고개를 갸웃거리면서 확인해보려 했다. 굳이 그럴 필요 없다는 걸 그때는 몰랐다. 머지않아 다시 그를 보게 될 것을…….

한편, 유나는 매트리스 위에서 무릎을 끌어안은 채 베리를 바라보았다. 베리와 눈이 마주치자 손을 뻗었다. 이쪽으로 오라는 표시였다. 하지만 베리는 현관으로 향했다. 흥미로운 냄새가 계속해서 코를 찔렀다.

"아, 맞아."

유나도 베리를 따라갔다. 신발을 대충 구겨 신고, 문을 열었다. 베리는 화들짝 놀라서 방석으로 돌아왔다. 혹시나 현관문을 넘어갔다가 '유나와 함께 한 산책'으로 인정되어 숫자가 줄어들까 겁났다.

잠시 후 문밖에서 부스럭거리는 소리가 나더니, 유나가 작은 종이 가방을 들고 들어왔다. 문이 닫히고 나서야 베리는 자리에서 일어났다. 종이 가방에서 달큰한 냄새가 났다. 처음 맡아보는 냄새였다.

"마카롱이라고 하는 거야. 신기하지?"

유나는 포장을 뜯으면서 여러 이야기를 들려주었다. 마카롱을 파는 카페에 대한 이야기, 강아지 동반이 가능하다며 조만간 같이 가보자는 이야기, 아까 왔던 친구는 학교에서 제일 친한 친구라는 이야기, 하지만 자신이 그 관계를 다 망쳤다는 이야기.

달콤한 마카롱을 먹지만, 기분은 쓰기만 했다.

결국 반도 먹지 못하고 남겼다. 입맛이 없었다. 선물 역시 메시지와 같았으니까. 하정에게 답장하지 못한 게 또 하나 쌓인 셈이었다. 이런 걸 받을 자격이 있을까. 자책한다고 벌어진 일이 사라지진 않는다.

기분을 전환할 게 필요했다.

"베리야, 산책 갈까?"

하지만 산책이라는 단어가 나오자마자 베리는 책상 아래로 숨어버렸다. 몇 번을 반복해도 마찬가지였다.

혼자 나갈 자신은 없었다.

하는 수 없이 다시 휴대폰을 들었다. 잠깐 사이에 또 새로운 메시지들이 쌓여 있었다. SNS에 업로드한 '베리를 찾았어요' 글에 달린 댓글도 많았다. 사람들은 예상보다 따뜻하게 축하해주었다. 공장에서 만났던 남자가 직접 응원 댓글을 남긴 덕도 있었다.

하지만 유나는 그 모든 게 피곤하게 느껴질 뿐이었다. 댓글창의 분위기가 아무리 바뀌어도 현실은 그대로였다. 일상은 달라지지 않았다.

방송에 출연하면서 망가져버린 삶.

어떻게 하면 다시 돌아갈 수 있을까.

사실 정답은 유나도 알고 있었다. 우선 유나가 행동해야 했다. 밀린 답장을 끝낼 수만 있다면 세상으로 나가는 것도 어렵지 않을 것 같았다. 하지만 여전히 손가락이 움직이지 않았다. 회피하고 있던 것들을 직면해야겠다 다짐했으면서도 여전히 유나는 눈을 질끈 감고 있었다. 아직 방송에 나온 자신의 모습을 본 적조차 없으니까.

그래서 '카운팅'의 공식 SNS 계정에 들어갔다. 영상까지는 볼 자신이 없지만, 사진 정도는 확인해보고 싶었다. 밀린 답장을 해결하기 위한 일종의 연습과도 같았다. 하지만 스크롤을 아래로 내리기도 전에 손가락이 멈췄다. '카운팅'에서 메시지가 왔다.

10장

카운팅

[답장 고마워요, 유나 씨. 전화가 너무 안 되더라고요.]

공식 계정의 메시지를 확인했을 때부터 뭔가 있겠구나 싶었다. 한 달 전부터 몇 차례나 메시지가 와 있었다. 답장은 금세 왔다. 담당 작가였던 분이 답장을 한 듯했다. 전화가 너무 안 된다는 말은 전화를 안 받아도 연락해야 할 정도의 용건이 있다는 거겠지.

개인적인 사과를 할 거였다면 진작 말을 꺼냈을 테니, 이건 분명한 징조였다.

유나가 대답이 없자, 상대방이 메시지를 입력 중이라는 알림이 떴다.

[유나 씨가 강아지를 키우는 줄 몰랐어요~]
[방송 끝나고 키우게 됐어요…!]
[아, 오키ㅎㅎ]

결국 상대방이 먼저 본론을 꺼냈다.

[한번 만날 수 있을까요?]
[어떤 일 때문일까요?]
[다시 도전해봤으면 좋겠어요!]

방송에 재출연하자는 거였다. 곧장 기획안 링크가 도착했다.

'애프터 카운팅' 기획안

'카운팅'이 흥행하면서 만들어진 새로운 프로그램이었

다. '카운팅'에서 화제를 모았으나, 결국 커플은 되지 못한 출연자들이 다시 출연한다. 규칙은 '카운팅'과 같다.

- 총 열두 명의 남녀 출연자가 5박 6일간 같은 공간에 모여서 생활한다.
- 매일 호감 가는 이성에게 투표한다.
- 각자 받은 표에 일정 금액을 곱해 다음 날 생활비로 지급한다.
- 생활비로는 이성에게 선물을 하거나, 데이트에 투자할 수 있다.
- 마지막 날에는 생활비와 무관한 투표를 진행한다.
- 사랑의 작대기가 맞아서 최종 커플이 된 참가자들에게는 해외여행 비용을 지급한다.
  * '애프터 카운팅'에서는 1일차에 '0표 위로금'을 지급하는 룰이 추가되었다.

현재 편성 및 제작이 확정되었고, 당장 이번 달 말부터 촬영을 시작해 다가오는 여름에 방영하는 게 목표였다.

무슨 느낌인지 간단하게 이해가 됐다.

'0표 위로금'을 지급하는 건, 촬영이 시작되자마자 0표를 받고 의욕을 잃어버리는 출연자들을 구슬리기 위함인 듯했다.

다만 의문인 건, 방송작가가 말한 '도전'이라는 단어의 의미였다. 무엇을 도전해보라는 걸까. 사랑의 상대를 찾는 걸까. 이미지를 쇄신하라는 걸까.

유나는 굳이 그것을 물어보지 않았다.

단지 미팅 장소가 그대로냐고 물었다. 작가는 요새 기획안 회의로 바빠 회사에만 있으니 시간은 언제든 상관없고, 내일 방송국 근처에 오면 전화를 달라고 했다. 유나가 당연히 올 거라고 생각하는 듯했다.

그 추측은 어느 정도 일리가 있었다.

방송 후에 마음고생을 했는데도, 아직 미련이 남아 있는 듯했다. 그건 곧 희망이기도 했다. 이번에는 잘할 수 있지 않을까. 단 한 표만 받아도 지난번보다는 나아지는 상황이니 해볼 만하지 않을까. 미래를 바꾸면 과거도 바뀐다는 말이 있지 않은가. 모든 출연자의 사랑을 독차지해서 인기를 얻는다면, 하정도 이해해주지 않을까. 사랑받을 만한 사람이 돼서 돌아왔으니.

만약 그런 미래가 보장된다면, 당장 지금이라도 갈 수 있었다.

이곳에서 서울까지 가려면 고속버스를 타야 하고, 고속버스를 타러 가기 위해서는 시내버스도 타야 하지만 충분히 감수할 수 있었다.

하지만 그동안 베리가 혼자 있어야 한다.

베리는 집에 돌아온 이후 내내 겁에 질린 듯 풀이 죽어 있었다. 산책도 거부한다. 좋아하던 쿠션에도 눕지 않고, 책상 아래로 간다. 혹시나 집에 돌아온 게 싫은 건가 했지만, 그건 또 아니었다. 유나가 앉아 있으면 슬그머니 다가와서는 무릎 위에 눕는다.

지금도 마찬가지다.

아까부터 곁눈질로 이쪽을 쳐다보더니, 유나가 휴대폰을 내려놓자마자 기다리기라도 했다는 듯 다가왔다. 유나는 베리를 쓰다듬었다. 베리가 기분 좋은 듯이 그르렁거렸다. 그게 무언가 말을 걸어오는 것처럼 느껴졌다.

"베리야, 어떻게 해야 할까."

"……."

"있잖아, 내가 방송에 나갔었거든."

창밖은 화창했다. 오후의 햇살이 이불 근처까지 닿아 있었다. 유나는 잠시 창밖을 내다보았다. 며칠 사이에 길가에 사람들이 훨씬 많아졌다. 2월 말이 다가오면서 하나둘씩 모여든 대학생들이었다.

베리가 고개를 갸우뚱거렸다. 왜 갑자기 말을 하다 마냐고 귀여운 항의를 하는 것처럼 느껴졌다. 동그란 눈동자. 그 위로 거울처럼 유나의 얼굴이 비쳤다.

'내가 이런 표정이었구나.'

누군가와 대화할 때 이런 얼굴이었구나 싶었다. 그게 낯설었다. 분명 혼잣말이라고 생각했는데, 어느새 베리와 대화를 하는 것처럼 느끼고 있다는 것도 신기했다.

유나가 다시 이야기를 시작했다. 베리는 다 듣고 있었다. 완벽하게 이해하지는 못해도, 유나의 감정은 읽을 수 있었다. 유나는 무언가를 후회하는 것 같기도, 슬퍼하는 것 같기도 했다.

"사람들이 나한테 강아지 같다고 했어."

말 그대로, '카운팅'에서 유나는 '강아지상 여자'로 통했다. 유나는 그 여름날을 떠올렸다.

*

0표.

처음엔 괜찮을 줄 알았다. 첫인상 투표에서 표를 못 받는 출연자는 이전에도 많았으니까. 그것을 나중에 뒤집는 출연자도 많았다. 하지만 막상 겪어보니 그런 생각보다는 '대체 어떻게 한 거지?'라는 의문이 더 컸다. 분명 오늘 아침까지만 해도 '좋은 남자 만나겠다' 'SNS 팔로워를 늘리겠다' 같은 목표가 있었는데, 한 번 0표를 받고 나니 이러면 안 되겠다는 불안밖에 안 남았다.

이윽고 저녁 식사 준비가 시작됐다. 제작진들이 준비한 재료로 참가자들이 공용 주방에서 함께 요리를 하는 미션이었다. 남자들은 굳이 자기들이 할 테니 여자 출연자분들은 쉬고 있으라고 말했다.

곧바로 그러기는 미안하니까 여자 출연자들은 근처에서 지켜봤다.

몇 사람은 딱 봐도 요리가 처음인 게 티가 났다. 칼질이 서투른 건 그렇다 쳐도 '밥솥 물 적정량'을 검색해보는 건 심했다. 자취를 하며 요리를 자주 하는 유나는 그걸 지켜보면서 속이 터질 것 같았다. 요리 실력을 보여줄 절호의 타이밍이었다. 튀는 행동을 할 수도 있었다.

하지만 그랬다가는 방송이 나간 후 백 퍼센트 악플이 달릴 것 같았다. 누가 봐도 0표를 받지 않으려고 하는 행동임이 티가 날 테니까. 그동안 이런 연애 프로그램에서 오버하는 행동을 해 욕먹은 출연자가 수두룩하게 많았다. 그럴 바에 무플이 낫다고 생각하며 유나는 아무것도 하지 않기로 했다.

그래서 유나는 다 함께 하는 저녁 식사 자리에서도 열심히 파스타만 먹었다. 모두의 접시가 비워졌는데도 촬영은 계속됐다. 친구들과 식사를 한 후 카페에 가서 수다를 나눌 때처럼 자유롭게 대화하라는 듯했다.

"저는 스파게티 면보다는 그, 뚱뚱한 거 있잖아요. 뭐라고 하지?"

"푸실리?"

"오, 맞아요. 그런 이름이요."

"헐, 찍은 건데."

유나는 푸실리가 아니라 페투치니란 걸 알았고, 그러니까 다들 지금 헛소리를 하고 있다고 생각했지만, 굳이 대화에 끼어들어 바로잡지 않았다. 누가 말을 걸까 봐 무서워서 커피만 마셨다.

"와, 되게 유식하시네요."

"아니요, 운이 좋네요."

"에이, 운도 어느 정도 기반이 있어야 오는 거죠."

"하하, 다른 분들은 어떤 스타일 좋아하세요? 푸실리? 스파게티?"

혹시나 대화 흐름이 자신에게 올 것 같으면 조용히 자리에서 일어났다. 그리고 커피를 리필하러 주방으로 갔다. 커피 맛 구분도 잘 못하는데, 드립 커피를 내렸다. 조금이라도 시간을 벌려고 핸드 그라인더에 원두를 갈았다. 이런 식으로 5박 6일간 생활하면 카페인에 중독돼서 혈관이 다 망가지는 건 아닌가 싶었다. 그냥 자러 갈 수 있으면 참 좋을 텐데…….

"커피 진짜 좋아하시나 봐요."

유나가 자리로 돌아오자 한 남자가 말을 걸었다. 유나는 깜짝 놀라서 컵을 놓쳤다. 어리숙한 모습으로 캐릭터를 구축할 수도 있었겠지만, 유나는 그럴 정신이 아니었다.

"죄송합니다, 정말 죄송합니다."

"하하, 덕분에 제 바지가 잠 깨겠네요."

"진짜 죄송합니다, 제가 지금 바로 세탁해드릴게요. 빨리 해야 얼룩 빠지니까……."

"……네? 아아. 괜찮아요. 같이 앉아요."

"아니예요, 주세요. 빨리 빨아드릴게요."

유나의 고집 때문에 결국 남자는 바지를 갈아입어야 했다. 수면바지를 입고 나온 남자 출연자를 보고 다른 출연자들이 웃었다. 하지만 그 순간에도 유나는 빠져 있었다. 혼자 빨래를 하러 화장실로 향했기 때문이다.

카메라 팀이 주방 세제를 섞어서 얼룩을 빼내는 유나의 모습을 촬영했다. 인터뷰도 했다. 하지만 거듭 "죄송해서……"라고만 말하는 유나 때문에 촬영을 멈췄다. 보다 못한 담당 작가가 유나에게 조언을 했다.

"원래 이런 건 진짜 말해주면 안 되는데……. 이 남자

분이 유나 씨한테 강아지 닮았다고 그랬어."

"아, 네. 어렸을 때부터 그런 말 많이 들었어요."

"아니, 그게 중요한 게 아니잖아. 얼른 가서 말 붙여봐요. 강아지상이래. 유나 씨, 듣고 있어?"

"아, 네."

"알겠죠? 마무리는 우리가 할 테니까, 얼른 나가요. 빨래하러 온 거 아니잖아."

"네······."

유나는 화장실 밖으로 나갔다. 저녁 식사는 말끔히 끝나 있었다. 요리 준비를 남자 출연자가 했기 때문에, 뒷정리는 여자 출연자들이 주도하고 있었다. 자기만 빠져 있었다는 생각에 유나는 서둘러 합류했지만, 실질적으로 할 일은 없었다.

고무장갑을 끼고 설거지를 하고 있는 여자 출연자 옆에 한 번, 씻을 준비를 하는 여자 출연자 옆에 한 번, 남자 출연자와 실뜨기를 하고 있는 여자 출연자 옆에 한 번, 할 일을 마치고 마당에 앉아 있는 두 여자 출연자 옆에 한 번 서성였다가 결국 갈 곳을 잃고 마당에 섰다.

"여기 계셨네요."

그때, 한 남자 출연자가 다가왔다. 아까 유나가 커피를 흘린 출연자였다. 그는 자연스럽게 유나 옆에 앉았다. 말로 불러도 됐을 텐데, 굳이 유나의 어깨를 툭 두드리고 웃어 보였다.

"집에 가신 줄 알았어요."

"아, 아니요……. 있어야죠."

유나는 남자의 눈을 피하기 위해 주변을 둘러봤다. 저쪽에서 놀고 있던 여자 출연자 두 명이 이쪽을 바라보고 있었다. 왠지 모르게 이 모든 상황을 제작진이 의도한 것 같다는 느낌이 들었다. 마침 제작진이 사인을 보냈다. 두 손을 아래에서 위로 올렸다.

분위기를 풀어보라는 걸까.

이윽고 유나는 그게 자신이 아닌 남자 출연자를 향한 손짓이었다는 걸 알았다.

"강아지상이라는 얘기 많이 들었죠?"

"네, 조금……."

"닮았어요."

침묵이 맴돌았다. 그게 어색한 듯, 남자가 웃었다. 유나도 따라 웃었다. 그것을 대화 재개의 신호로 파악한 남자는 다시 말문을 뗐다.

"윤하 씨는, 강아지 키워본 적 있어요?"

"아니요, 없어요."

"아, 좋아만 하시는구나."

"네."

어색한 정적이 흘렀다. 왠지 이번에는 자신이 말문을 떼야 할 것 같았다. 유나는 말을 고르고 고르다가, 솔직히 얘기를 털어놓아볼까 싶었다.

"어릴 때부터 키우고 싶었는데, 엄마가 반대했어요."

"왜요?"

"강아지 죽으면 슬플 거라고……."

죽음이라는 얘기를 예상하지 못한 듯, 대화가 뚝 끊겼다. 유나도 괜히 얘기했다고 생각했다. 적어도 강아지 이야기는 다시 할 수 없었다.

"근데 제가 윤하 씨한테 투표를 안 드렸던 건…… 저는 외모는 고양이상이 좋거든요. 아차차, 제가 무슨 말을……."

남자가 우스꽝스럽게 입을 막았다. 침묵 속에서 에너지를 충전하고, 유나에게 마지막으로 대화를 시도하는 모양이었다. 친해지고 싶어서 장난을 치는 게 티가 났다. 물론 마냥 장난은 아니었다. 장난 속에 유나에 대한 작은 연민이 있었다. 유나는 왠지 이런 말이 나올 거라고 예상은 하고 있었다. 첫 투표 이후, 미묘하게 바뀐 분위기를 유나도 인지하고 있었다. 그 원인이 자신이라는 것 역시.

출연자들은 물론 제작진까지 유나의 눈치를 보고 있었으니까. 표정이 눈에 띄게 어두워진 건 사실이었지만, 이 정도로 모두가 집중할 필요가 있나 싶었다. 그 방점을 지금 이 남자가 찍고 있는 거였다.

마치 유나에게 기운을 내라는 듯했다. 그래서 유나도 마찬가지로 장난을 쳐볼까 싶었다.

"저…… 윤하가 아니라, 유나예요."

"헉, 죄송합니다."

"죄송하면, 저한테 투표해주실 거예요? 하하……."

분명 장난이었는데, 남자 출연자의 얼굴에 당황스러운 기색이 스쳤다. 이름을 잘못 부른 스스로에게 실망해서, 유나의 말이 귀에 들리지 않는 눈치였다. 그 눈빛을 본 순간 유나는 제정신으로 돌아왔다.

"제가 죄송해요. 대답해주지 않으셔도 돼요."

유나는 남자 출연자를 놔두고 방으로 돌아갔다.

그리고 마지막 날, 0표를 받았다.

정확히 표현하자면, 유나가 그러기를 선택했다. 최종 투표 직전. 마지막 멘트를 하는 자리에서 "저한테 표 주지 마세요"라고 돌발 발언을 한 것이다.

"0표로 시작했으니까, 0표로 끝내는 게 좋을 것 같아요."

결과는 진짜 0표였다. 하지만 후련하지 않았다. 촬영장을 나와 엄마를 마주한 순간 이유를 깨달았다. 또 다른 시작이 유나를 기다리고 있었다. 엄마는 무슨 일이 있었냐고 물어봤다. 왜 그렇게 얼굴이 상기돼 있냐고. 유나는 '비밀 유지 조약' 때문에 안에서 있었던 일에 대해 말할 수 없다고 했지만, 자취방으로 돌아와서 하정에게는 모두 털어놓았다.

2일 차에 1표를 받았다고.
그것 말고는 단 1표도 받지 못했다고.

아, 이거 어디 가서 절대로 말하면 안 된다고.

다행히 하정은 비밀을 지켜준 듯했다. 첫 회가 방영된 후, 지인한테 들었다면서 스포일러를 하는 네티즌이 있긴 했지만, 유나가 아닌 다른 참가자들의 얘기였다. 누구와 누가 최종 커플이 되었다는 얘기. 모두 유나와는 상관이 없었다.

네티즌도 큰 관심을 보이지 않았다.

다들 '과연 0표녀는 마지막에 몇 표를 받게 될까?'를 궁금해했다. 그때까지만 해도 여론은 반반이었다. 0표녀가 불쌍해서 응원한다는 여론 반. 어색한 말투나 침울한 분위기를 보면 0표 받을 만했다는 여론 반.

결과를 알고 있는 유나는 고통스러웠다. 그 마음을 털어놓을 곳도 마땅히 없었다. 결과를 미리 말했던 하정과 만나면 항상 같은 얘기만 반복했다. 하정이 위로를 해도, 유나는 차마 괜찮다고 말할 수 없었다.

"충격 받지 마, 인터넷에서 뭐라 하든 상관없어. 너는 너야."

"인터넷에서 뭐라고 하는데?"

"······어?"

하정은 유나의 눈을 피했다. 어느 정도로 설명해도 괜찮을지 고민하는 듯했다.

"하하하. 그러게, 뭐라고 할까······."

그게 마지막으로 봤던 하정의 얼굴이었다. 사과문을 올렸던 그날 이후로 유나는 집밖으로 나가지 않았으니까. 유나가 그러기를 선택했으니까.

*

하지만 유나는 지금 다시 나갈 준비를 하고 있다.

'강아지 고속버스' '마포구 강아지 호텔' 등을 검색하며 만반의 준비까지 했지만, 결국 베리는 데려가지 않기로 했다.

"정말 혼자 있을 거야?"

베리는 온몸으로 그러겠다는 표현을 했다. 방석에 엎드려서 유나를 물끄러미 바라봤다. 유나가 모자를 쓰고, 마스크를 끼고, 신발을 신는 동안에도 제자리에 있었다. 그래도 혹시 튀어 나갈지 몰랐다. 첫 산책에서 돌발 행동을 했던 것처럼.

유나는 손바닥을 들어서 보여주었다. '돌아올 거야'라고 안심시키기 위함이었다. 베리는 알고 있다는 듯 고개를 끄덕였다. 방석 위에 있던 돌고래 인형을 무는 모습이 괜찮으니까 잘 다녀오라는 표현처럼 느껴졌다.

"베리야, 금방 다녀올게."

웃으면서 나왔지만, 실은 속으로 긴장하고 있었다. 이번 주말이 지나면 개강이라 거리가 북적였다. 유나는 골목길을 통해 정거장으로 향했다. 버스는 십오 분 뒤 도착이었다. 사람들이 하나둘 정거장에 섰다. 유나는 모자를 푹 눌러썼다. 여전히 겁은 나도, 돌아가야겠다는 생각은 들지 않았다.

희망이 있으니까.

방송국에 가고, 미팅도 잘하고, 새로운 옷을 사고, 화장품을 사고, '애프터 카운팅'에 나가고, 대화도 잘하고, 최종 선택에서 많은 표를 받고, 여론을 바꾸고, 모두에게 사랑받을 만한 사람이 되고, 그러면……. 그러면, 밀린 답장을 해결할 수 있을 것 같았다.

그때, 버스보다 먼저 연락이 왔다. '애프터 카운팅'과 관련된 것이리라 생각하며 유나는 휴대폰을 꺼냈다.

[나 휴학해서 주말에 본가로 가.]

그렇게 시작하는 메시지를, 어쩌면 읽지 말았어야 했을지도 모른다.

[연락도 없이 그렇게 글부터 올려버리는 건 아니라고 생각해. 나는 진심으로 걱정했는데, 그 사이에 강아지도 키우기 시작했구나. 내가 너 학사경고 받는 거 막아보려고 학과 사무실도 갔던 거 아니?]

하정의 말은 틀린 게 없었다. 어떤 사정이 있었던들, 유나가 연락 하나 없이 사라졌고, 걱정을 끼쳤고, 결국 혼자 결정하고 혼자 돌아온 건 사실이었다. 친구들이 자신을 위해 움직여주고 있다는 걸 알면서도, 스스로를 가둔 건 자신이었다.

[네가 돌아오면 기쁠 줄 알았는데, 오히려 난 더 외로워졌어. 이 말을 하려고 메시지 보낸 건 아니지만…… 잘 지내길 바라.]

한 문장 한 문장이 유나를 깊숙이 찔렀다. 후회해도 달라지는 건 없었다. 마지막 인사를 하러 갔던 하정이 혼자 돌아가는 모습을 상상하니 피가 식는 느낌이 들었다. 무슨 생각으로 다시 방송에 나갈 생각을 했던 거지? 그제야 정신이 번쩍 들었다.
 유나는 휴대폰을 내려놓았다.
 아니, 다시 들었다.
 '카운팅' 작가에게 메시지를 보냈다. 곰곰이 생각해봤는데 출연하지 못할 것 같다는 이야기. 다시 휴대폰을 켠 이후, 이렇게 술술 메시지가 써진 건 처음이었다. 방송에 대한 마지막 미련까지 말끔하게 사라졌다. 눈물과 함께 쏟아졌다.

 단순한 속상함이나 슬픔을 느끼는 게 아니었다.

죄책감이 들었다.

적어도 마지막에 "저한테 표 주지 마세요" 같은 말을 안 했다면, 적어도 첫 회가 방송됐을 때 유나를 안타깝다 연민하던 이들은 계속해서 유나를 지지했을 수도 있었다. 욕을 먹고, 세상에서 잠시 사라지고, 그로 인해 친구의 마음에 상처를 만든 건 순전히 자신의 탓이라는 생각이 들었다.

버스가 왔다.

유나는 버스에 오르지 않았다. 그저 정거장에 앉아 오래도록 생각했다. 사람들이 쳐다봐도 계속 그 자리를 지켰다. 아무런 생각도 들지 않았다. 단지 지금 이런 상태로 집에 돌아가고 싶지 않았을 뿐이었다. 버스 몇 대를 더 보내고 나서야 자리에서 일어날 수 있었다.

"멍, 멍!"

베리는 신나게 반겨줬다. 하지만 이윽고 유나의 눈에서 눈물이 뚝뚝 떨어지는 걸 보고는 제자리에 멈췄다. 안절부절못하다가 팔을 핥기 시작했다. 더 편하게 핥으라는 의미로 손을 내리자, 갑자기 튀어 올라서는 얼굴을 보고 섰다. 유나의 눈물이 맛있는 간식이라도 되는 것처럼 열심히 핥아댔다.

"넌 왜 이렇게 나를 사랑해주니?"

"낑, 낑······."

"모르겠어, 어떻게 해야 할지 모르겠어."

결국 지난 반년간 쌓인 서러움이 폭발하고 말았다. 유나는 엉엉 울기 시작했다. 사랑받고 싶어서 나갔던 방송에서 0표를 받고, 원래부터 0표를 받고 싶었던 척하고, 하지만 전혀 괜찮지 않았고, 뒤늦게 생각을 고쳐 다시 숫자를 높여보려고 했지만······.

이미 늦어버린 걸까.

"낑, 낑!"

베리의 울음소리도 거세졌다. 신기하게도 유나와 같은 말을 하고 있었다.

─모르겠어, 어떻게 해야 할지 모르겠어!

11장

너를 위한 산책

그러니까, 어떻게 해야 할까.

혼자 외출하고 온 뒤로 계속 울적해 보이는 유나를. 다시 나가려고 하지도 않는 유나를. 멍하니 누워만 있는 유나를. 저녁이 지나고, 새로운 아침이 와도 잠들어 있는 유나를.

'그때, 내가 같이 나갔더라면 달랐을까.'

베리는 오해를 풀고 싶었다. 유나와 함께 나가기 싫은 게 아니었다. 헤어지고 싶지 않았을 뿐이다. 이 마음을 어떻게 전달할까? 만약 산책 숫자를 확인하지 않았다면, 이별이 코앞에 있는 걸 몰랐다면 당장이라도 유나를 따라갔을 거라고.

함께 세상을 돌아다니고 싶다고.

강아지와 인간의 언어가 다르기에 상황을 완벽하게 설명하는 건 불가능해도, 유나의 기분은 풀어줄 수 있었다. 애교를 보여줄까. 돌고래 인형을 던져줄까. 베리는 이런저런 고민을 하며 유나를 깨웠다. 혓바닥으로 유나의 입술을 핥았다. 뜨거운 기운이 느껴졌다.
"어, 어, 베리야…… 우욱!"
유나는 비틀거리며 일어나더니, 겨우 화장실로 기어갔다. 변기를 붙잡았지만, 헛구역질만 하다가 결국 주저앉고 말았다. 그 상태로 가슴을 쿵쿵 쳤다. 속이 답답한 듯했다. 그리고 가쁜 숨을 몰아쉬며 매트리스로 돌아가던 와중에 쓰러져서 잠들었다.
이 모든 게 고작 베리의 할짝거림 한 번에 일어난 일이었다.

민망해진 베리는 헛기침을 했다. 내가 그렇게 입냄새가 나나. 혹시 조금 전 먹은 사료 냄새 때문에 유나가 속이 안 좋아졌나 싶었다.

그래서 이번에는 입술이 아닌 손등을 핥았다. 유나는 반응하지 않았다. 몇 번 더 핥자, 뒤척거리며 손등을 이마로 가져다 댔다. 그리고 짧은 신음을 흘린 뒤, 또 잠들었다. 편안하게 잠든 모습은 아니었다. 스위치가 꺼진 것처럼, 매트리스 위에 비스듬히 누운 채 몸을 웅크렸다.

아팠으니까.

마음뿐 아니라 몸까지 아팠다. 베리를 찾기 위해 호수공원을 돌아다닌 날부터 누적된 감기 기운은 어젯밤, 펑펑 울면서 더 심해졌다. 지난 반년간 쓰레기를 버리러 가는 것 말고는 외출을 하지 않았기에 면역력이 약해진 탓도 있었다.

처음에는 두통만 심했지만, 점점 속이 울렁거렸다. 먹은 것도 없는데 뭔가를 게워내다 의식을 잃었다. 베리가 총총거리며 돌아다니는 소리도 들리지 않았다. 그러니 지금 리드 줄을 문 채 유나 앞에 앉아 있는 베리의 노력은 헛수고나 다름없었다.

"멍멍멍!"

그것을 강아지어로 번역하면 아래와 같다.

─유나야, 나 좀 봐!

하지만 유나는 일어나지 않았다. 빙글빙글 돌고 폴짝폴짝 뛰어봐도 마찬가지였다. 베리는 어쩔 수 없이 입술을 핥았다. 유나는 조금 전과 달리 구역질을 하지 않았다. 반응이 없었다. 몇 번 더 핥자, 유나의 얼굴에서 뜨거운 기운이 느껴졌다. 열이 나는 것 같았다.

그제야 베리는 덜컥 겁이 났다.

유나가 죽나?

겁은 감기 기운처럼 점점 번져서, 베리의 몸을 떨게 만들었다. 설마 유나와 한 번의 산책밖에 남지 않은 게 유나가 죽기 때문일까. 한때 베리가 민수와의 이별을 앞두고 추리했던 것처럼 말이다.

"왈! 왈!"

어느새 베리는 큰 소리로 짖기 시작했다. 도움을 요청하는 소리였다. 혼자서는 유나를 도울 수 없었기에, 누구든 나타나서 문을 열어줘야 했다. 베리의 목소리가 벽과 창문을 넘어서 누군가를 불러오기를 바랐다. 베리는 계속해서 도와달라고 말했다. 그 말을 제대로 알아들을 수 있는 인간은 없겠지만.

한 시간 뒤 오피스텔의 관리실은 난리가 났다. 강아지들이 단체로 짖어대기 시작했다. 일시적으로 짖어댄 적은 있어도, 이렇게 오랫동안 개 소리가 반복된 건 처음이었다. 층간소음 수준이 아니었다. 옆 건물까지 피해가 가지 않을까 걱정됐다. 경비원들은 소리의 근원지를 찾기 위해 수색을 시작했다.

그러는 사이 소문이 퍼졌다.

유나가 다니는 대학교의 커뮤니티에 소식이 올라왔다. 지금 학교 앞 오피스텔 개 소리 무슨 일이냐고. 혹시 강아지들이 지진이나 태풍을 미리 느낀 건 아니냐고 과대 해석까지 등장했다. 기숙사에서 그 글을 읽으며 룸메이트와 함께 무슨 말도 안 되는 소리냐고 웃던 하정은 불현듯 유나 생각이 났다.

유나의 오피스텔에는 생각보다 많은 사람들이 몰려 있었다. 여기저기에서 개 짖는 소리가 울렸다. 외부인 출입을 통제 중인 경비원에게 입주민이라 말한 후 유나의 집으로 향했다. 유나의 집 문 앞에도 사람이 여럿 있었다. 문 안쪽에서 유독 크게 짖는 소리가 났다. 경비원은 그 앞에서 어쩔 줄 몰라 하고 있었다. 문을 두드려도 아무도 나오질 않았다.

"잠시만요, 비켜주세요."

도움이 필요해 보이는 광경이었다. 하정은 사람들을 헤집고 문 앞으로 다가갔다. 혹시나 하는 마음으로 버튼을 누르자 문이 열렸다. 비밀번호가 그대로일 줄은 몰랐다. 문이 열렸는데도 당황한 하정이 가만히 있자 경비원이 문을 열었다. 바로 앞에 베리가 나와 있었다. 우렁차게 짖어대던 것과 달리 몸집이 작았다.

"너구나."

반가움도 잠시, 유나가 방바닥에 축 늘어져 있는 게 보였다. 하정은 신발도 벗지 않고 유나에게 달려갔다. 심장이 덜컥 내려앉았다. 숨이 멎는 듯했다. 유나의 얼굴을 손으로 더듬어보다가, 그제야 뜨거운 숨결이 느껴졌다. 안도의 한숨이 저절로 나왔다.

물론 마냥 안도할 순 없었다.

"구급차 좀 불러주세요. 열이 높아요."

경비원은 119에 전화를 한 뒤, 문 앞에 몰려 있는 구경꾼들을 진정시켰다.

"이리 와. 잠시 나랑 있자."

하정은 유나에게 미안한 만큼 베리를 챙겼다. 메시지를 보내고 나서야 심했다는 생각이 들었다. 서운한 마음을 토로하고 싶었던 건데, 감정이 앞섰던 탓에 화를 낸 것처럼 써버렸다. 삭제하려고 했지만, 이미 유나가 읽었다는 알림이 떴다. 읽으라고 할 때는 그렇게 안 읽더니……

"배고프진 않아? 밥은 먹었어?"

하지만 베리는 하정에게 관심이 없었다. 유나의 상태가 괜찮은지만 신경 쓰였다.

곧 구급대가 도착하자 복도의 소란이 더 커졌다. 유나는 부스스 눈을 떴다. 눈앞에 있는 하정과 사람들을 보고 놀랐지만, 그보다 아픈 게 더 컸다. 일어날 수 있겠냐고 묻는 말에 춥다고 동문서답을 했다. 베리는 바로 옆에서 짖어대고 있었다.

"환자분, 열이 너무 높아서 바로 병원으로 이송할게요."
"친구라고 하셨죠? 환자분 보호자께 연락 부탁드려도 될까요?"

유나가 들것에 실려 나가자 베리도 유나를 따라 나섰다. 하지만 베리가 현관을 나선 순간, 몸이 붕 떠올랐다. 하정이 베리를 안았다. 덕분에 베리는 유나의 얼굴을 볼 수 있었다. 집의 풍경도 한눈에 보였다.

'헉, 문을 나섰네.'

아차, 싶었을 때는 이미 늦었다. 베리는 유나를 보며 짖었다. 주문을 외웠다. 그것이 자신을 부르는 목소리라고 생각했는지, 유나는 손을 들었다. 베리는 분명 그것을 봤다. 하지만 구조대원이 유나가 추위하는 거라고 착각하고 담요를 덮어버렸다.

유나는 그 상태로 멀어졌다. 구급차에 실렸다. 베리는 유나의 머리 위에 떠 있는 숫자를 멍하니 바라봤다.

'0'

   그걸 보니까 지난 후회가 목줄처럼 옥죄었다. 베리는 이대로 끝날 수는 없겠다는 생각이 들었다.
   하지만 구급차가 출발하고 말았다. 베리는 몸을 부르르 떨었다.
   "애기도 걱정되나 보네."
   "네, 그런 것 같아요."
   "근데, 아가씨. 강아지 그렇게 안으면 안 돼요."
   경비원이 하정에게 잔소리를 했다. 엉덩이를 받치고 안아야지 강아지가 편하다고 말했다. 하정은 베리를 다시 안기 위해 붙잡고 있던 힘을 느슨하게 풀었다. 그게 베리에게는 기회로 느껴졌다. 마지막 산책을 이렇게 끝낼 수는 없었다.
   '유나에게 가야 돼.'
   베리는 뒷다리에 힘을 주어서 자신을 안고 있는 인간의 배를 밀었다. 이렇게 몸이 가볍게 느껴졌던 건, 이 세상에 태어나기 위해 하늘에서 폴짝 뛰어내렸을 때 이후로 처음이었다.

"어, 강아지 잡아!"

경비원이 소리쳤다.

잠시 놀라서 멍하니 있던 하정이 일순간 정신을 차리고 베리를 쫓았다. 곳곳에서 놀라는 목소리가 더해졌다. 구급차의 사이렌을 듣고 구경 나온 사람들이었다.

하지만 그 모든 인간들은 두 발이었고, 베리는 네 발이었다. ……뭐, 그게 크게 중요한 건 아니지만, 어쨌거나 베리가 훨씬 빨랐다. 굳이 뒤를 돌아보지 않아도 점점 희미해지는 목소리를 통해서 그들과 멀어지고 있다는 걸 확인할 수 있었다.

베리는 앞만 바라봤다.

좁은 대학가 도로를 빠져나가는 구급차의 뒤꽁무니를 쫓았다. 매달리기라도 할 생각이었다. 하지만 구급차는 베리의 마음도 몰라주고 앞으로만 달렸다. 유나의 열이 워낙 높았기 때문에 쉴 새가 없었다. 이따금 안전을 위해 사이드미러를 확인하긴 했지만, 베리가 구급차의 뒤에 바짝 붙어서 달리고 있었기 때문에 보이지 않았다.

11장 너를 위한 산책

결국, 베리는 구급차를 놓쳤다.

속도를 높이는 구급차를 따라갈 수 없었다. 미친 듯이 달려도 점점 멀어졌다. 숨이 막히고, 다리가 저렸다. 주저앉을 수밖에 없었다. 뒤늦게 신호에 걸린 구급차가 보였지만, 이제는 그마저 따라갈 힘도 없었다. 베리가 할 수 있는 거라고는 고작 도로 위에 엎드려서 다 끝났다는 걸 받아들이는 거였다.

어쩌면 이 모든 게 정해져 있던 것일지도 몰랐다. 산책 횟수가 바뀌지 않듯이 말이다.

―신님. 다시는 숫자를 확인하지 않을 거예요.

베리는 기도를 시작했다.

―주문을 외우지 않을 거예요.

기도는 곧 다짐이고, 다짐은 곧 후회이기도 했다. 그렇다. 베리는 후회했다. 유나와 산책할 숫자를 확인하고, 그 숫자로만 유나를 평가했던 자신이 미웠다. 특히 유나와 처음 눈을 마주치던 순간이 후회스러웠다.

만약 그때 해맑게 인사했다면, 진심을 다 줬다면 민수

와 미련 없이 헤어질 수 있었던 것처럼 아무런 후회도 남지 않았을 텐데……. 혹시나 인간이 내가 주는 것만큼의 사랑을 돌려주지 않을까 봐 경계했던 게 너무나도 후회가 됐다.

'더 잘해줄 수 있었을 텐데.'

무엇보다, 유나가 진짜로 웃는 모습을 못 봤다는 생각이 들었다. 결국 유나와 마지막 산책은 이런 식으로 끝나고 말았다.

―도기도기총총.

구급차가 사라진 방향을 바라보면서 주문을 외웠지만, 돌아오는 건 아무것도 없었다. 베리는 마지막 남은 힘을 쏟아서 사람을 찾았다. 아무에게나 주문을 외워보고 싶었다. 새로운 보호자를 원해서가 아니라, 우연이라도 유나를 만날 수 있을 미래가 있을지 확인하고 싶었다.

하지만 아무것도 없었다. 대낮이었는데도 서서히 주변이 어두워졌다. 베리의 눈꺼풀이 무겁게 내려가는 중이었다. 이렇게 잠들면 다시는 깨어날 수 없을 것 같았다. 얼마 전에도 느꼈던 기분이었다.

'유나와 첫 산책을 했던 날이었지.'

드디어 자유로운 상태가 됐다는 기분이 한 시간도 채 가지 못했던 그날 이후, 그토록 원하던 자유라는 게 뭘까 생각했다. 막상 맛본 자유는 행복보다 불안에 가까웠다. 어느새 근처에 와 있는 추위, 배고픔 그리고 졸음 속에서 베리는 혼란을 느꼈다. 누군가 나타나서 자신을 구해주기를 바랐으니까. 자유를 원하는 동시에 보살핌을 원하는 건 이상했다. 그렇다고 둘 중 하나를 완벽하게 택할 수도 없는 노릇이었다.

다행히 진돗개를 만나면서 깨달았다. 좁은 개집에서도 자유를 느낄 수 있었다. 그와 대화하는 게 좋았다. 민수를 자랑하는 모습은 보기 좋았다. 베리는 진돗개가 계속해서 그럴 수 있기를 바랐다. 그래서 아무 얘기도 하지 않았다. 그건 베리의 결정이자 자유였다. 동시에 민수가 자신을 두고 가버린 것 역시 민수의 자유임을 인정했다. 그럼에도 민수가 행복하기를 바랐고, 그것 역시 베리의 자유였다.

'진작 깨달았다면 좋았을 텐데.'

민수에게는 사랑을 주기만 했기에 후회하지 않을 수 있었다. 하지만 유나와의 관계에선 그렇지 못했다. 차라리 유나가 자신을 잊어버리면 좋겠는데, 그러지 못할 것 같다는 생각이 들었다. 함께하려던 산책은 결국 이뤄지지 못했다.

'그러고 보니, 두 번째 산책도 내가 망쳤네.'

유나가 나가자고 했을 때 진작 나갔으면 다른 미래가 펼쳐지지 않았을까. 베리는 이 모든 게 자신 때문인 것 같았다. 숫자를 확인하고, 제멋대로 해석했기 때문인 것 같았다.

─신님, 제발 유나가 아프지 않게 해주세요, 유나를 힘들게 한 저를 아프게 하세요. 제가 잘못했어요. 유나한테 너무 미안해요. 제가 숫자를 신경 쓰지 않았다면, 이렇게 되지 않았을 텐데.

베리의 기도는 계속됐다. 그의 눈이 피곤으로 완전히 감겨서 깜깜해지고도.

─차라리 저한테 벌을 주세요. 아무것도 느끼지 않고, 아무것도 없는 상태로 만들어주세요.

─그게 진짜로 네가 원하는 거냐?

신의 목소리가 들렸다. 이제야 나타난 신에게 원망하는 마음은 들지 않았다. 단지 자신이 정말로 죽었구나 싶었다.

─아무것도 없어서, 아무것도 느끼지 않는 그런 상태를 원한다고 한 거 맞느냐?

─맞아요.

─왜지?

─후회되는 일이 너무 많아요. 다 제가 마음이 작아서 벌어진 일들이에요. 다 잊어버리고 싶어요. 계속 갖고 있기가 힘들어요.

─그래서, 다 지우고 싶다는 거냐? 앞으로의 미래까지.

─맞아요.

─뭐가 달라질지, 무슨 일이 일어날지도 궁금하지 않다는 거지?

─맞다니까요.

─그래, 알겠다.

몸이 두둥실 떠오르는 느낌이 들었다. 하지만 마음은 몸과 달리 가볍지 못했다.

─……잠시만요.

이대로는 아무것도 해결되지 않는다는 걸 알고 있었다. 상처는 사라지지 않는다. 슬픔은 없어지지 않는다. 사랑받고 싶어서 벌어진 실수들. 그래, 항상 그 부분이 문제였다. 베리는 사랑받고 싶었다. 아닌 척해봐도 어쩔 수 없었다. 그 마음이 변치 않는 한 상처와 슬픔은 계속될 것이다.

하지만 신이라면, 그럼에도 불구하고 드는 이 생각을 이미 헤아리고 있지 않을까. 그러니 요점만 말해도 괜찮지 않을까.

─사실은…… 살고 싶어요.

그게 전부였다.

12장

꿈

 퇴원하자마자 확인한 휴대폰에서 제일 먼저 눈에 띈 건 방송국 작가로부터 온 메시지였다. '애프터 카운팅'에 출연하지 않겠다는 유나의 말에, 그는 이렇게 대답했다.

 [왜 꿈을 포기해요.]

 이 사람은 무엇에 꿈이라는 단어를 썼을까. 유나가 사전 인터뷰 때 말했던 아나운서를 의미하는 걸까. 출연자들이 대부분 원하는 대중적 인기를 말한 걸까. 아니면 프로그램의 규칙대로 연인을 만나는 걸 의미할까.

어찌됐건 사랑받고 싶은 마음이겠지.

이제 유나는 한 치의 망설임도 없었다. 상대를 실망시킬까 봐 걱정되는 마음도 없었다.

아니요, 꿈을 포기하지 않았어요.

방식을 바꾸려는 거예요.

그 말을 굳이 작가에게 전하지는 않았다. 금세 유나의 존재를 잊고, 이를 대신할 사람을 찾을 수 있을 테니까.

[감사했습니다.]

이 정도면 충분했다. 하정으로부터는 연락이 없었다. 더는 못 만날 줄 알았는데, 문을 열고 나타나서 119에 신고까지 해줬다는 친구. 그에게 마지막으로 받았던 메시지가 아직 미리보기 창에 떠 있었다.

잠시 고민하던 유나는 메시지를 쓰기 시작했다. 이번에는 쓰다 만 게 아닌, 전송이 완료된 메시지였다.

[미안해.]

우선 그렇게만 보냈다. 그동안 완벽하게 모든 메시지를 작성하려고 하다가 결국 그만둬버렸으니까. 뒤이어 보낼 말들을 떠올리는데 전화가 왔다. 이렇게 빠르게 확인할 줄은 몰랐다. 유나는 불안했다.

혹시 화를 낼까.
그래도 어쩔 수 없지만.

셋을 세고 전화를 받았다. 긴장한 게 무색할 만큼 전화는 간단하게 끝났다. 조만간 보자는 약속을 남겼다. 하정은 얼굴을 보며 얘기하고 싶어 했다. 거기에서 무슨 일이 일어날지 모르지만, 적어도 지금 이 순간 유나는 다행이라고 느꼈다. 이렇게 간단한 문제를 가지고 끙끙 앓던 게 웃길 정도였다.

시작이 좋으니, 뒤이어 다른 약속도 잡을 수 있었다. 응원을 해줬던 친구들, 위로 문자를 보내줬던 고등학교 선생님……. 모든 사람들이 비난만 한 건 아니었다. 이제야 다시 보게 된 세상을 부지런히 돌아다니느라 올해 봄은 바쁠 것 같다.

천천히 고개를 들었다.

맑은 하늘이 펼쳐져 있었다. 유나의 기분처럼 날씨도 좋았다. 두꺼운 점퍼가 없어도 될 정도로 따듯했다. 얼마나 그러고 있었을까. 유나의 앞에 차가 멈춰 섰다.
"엄마."
"어, 그래. 타."
유나는 조수석 문을 열었다. 시트 위에 파란 켄넬이 놓여 있었다.
"베리야."
슬그머니 고개가 나타났다. 베리의 눈이 보였다. 그 안에 담긴 순수한 사랑이 느껴졌다. 베리는 유나와 다시 만난 게 기쁜 듯 미친 듯이 꼬리를 흔들었다. 켄넬 안에서 타닥거리는 소리가 들렸다.
"애 꼬리 아프겠다."
"마침 빼주려고 했어."

아주머니가 켄넬의 문을 열었다. 베리가 리드 줄도 차지 않고 뛰쳐나왔다. 첫 산책의 기억이 떠오른 유나는 순간 겁이 났지만, 베리는 도망칠 생각이 없었다. 유나 근처를 맴돌았다. 얼른 안아달라는 듯이 두 다리로 섰다.

그 모습을 보며 유나는 비로소 공장에서 만났던 남자의 말을 이해할 수 있었다. 끊임없이 바라봐줘야 하고, 사람이랑 똑같이 옆에 없으면 불안해하고, 무서워한다는 말. 그렇기에 강아지 같다는 건, 사랑하고 싶다는 것, 그만큼 불안하다는 것. 어쩌면 '카운팅'에서 유나의 모습과 닮아 있을 지도 몰랐다.

유나는 이제 한 걸음 더 나아가기로 했다.

그 불안을 이기고 싶었다. 아낌없는 사랑을 주고 싶었다. 비록 완벽하지 않더라도, 눈앞에 있는 이 존재에게만큼은 말이다. 한번 누군가에게 버려져서 상처를 입은 유기견에게 사랑이 가득한 세상을 보여주고 싶었다.

"베리야, 사랑해. 평생 같이 있자."

"……멍."

"그러기 위해서, 나 아직은 해야 할 게 있어."

학교에 돌아가기로 했고, 심리상담을 받으며 마음도 치료하기로 했고, 집을 비우는 일이 많을 테니 이번 학기는 엄마가 베리를 맡아주기로 했다는 걸 구구절절 설명하려고 했다. 베리가 이해하지 못하더라도 감정을 전달하고 싶었다.

하지만 엄마가 막았다.

"시끄럽고, 얼른 타!"

베리를 안고 차에 올랐다. 유나와 베리의 눈동자가 마주쳤다. 베리는 가출했던 이후 처음으로 유나를 똑바로 볼 수 있었다. 당연히 기뻤지만, 또 그만큼 불안했다. 이렇게 만나고 끝이면 어쩌지. 숫자는 0이 돼버렸으니까. 다시 확인하면 달라지는 걸까?

하지만 확인하지 말자.

숫자를 보고 깨달은 건, 숫자를 볼 필요가 없다는 거였으니까. 지금 같이 있는 것만으로 충분했다. 그렇게 유나의 품에 안겨 삼십 분 남짓 자동차에 있던 순간, 베리는 견생에서 제일 행복하다고 느꼈다.

이윽고 차가 유나의 오피스텔 앞에 멈췄다.

유나가 내렸다. 베리는 내릴 수 없었다. 유나는 베리의 얼굴을 쓰다듬으면서 이유를 설명했다. 아주머니는 병원 앞에서처럼 재촉하지 않고 기다려주었다. 마침내 유나가 다짐을 내뱉을 때까지.

"건강해져서 돌아올게. 학교도 잘 다니고, 상담도 잘 받아서, 약속할게. 너에게 찾아갈게."

순간, 베리는 이별을 직감했다. 인간들의 사정을 일일이 알 수 없지만, 유나가 자신을 더는 키울 수 없게 된 건 분명했다. 그렇지 않고서야 이렇게 구구절절 이야기 할 필요가 없었다. 그냥 바로 집으로 데려가면 되지.

베리는 유나의 입술을 핥았다. 괜찮다는 의미였다. 다행히 이제 유나가 토를 하거나 그러지는 않았다. 건강해진 듯했다. 이 건강한 모습을 더 보지 못하는 게 물론 너무나도 속상하긴 하지만, 베리는 그럴 만한 이유가 있을 거라고 여겼다.

단지 행복하기를 바랐다.

유나가 오피스텔로 들어가는 동안에도 소리를 내지 않았다. 유나만 이따금 뒤를 돌아 베리를 확인할 뿐이었다. 짖고 싶은 마음을 참을 수 있었다. 두 번째 산책을 한 덕분이었다. 인간이 허락하는 게 아닌, 자신이 처음으로 누군가를 불러서 유나가 밖으로 나갈 수 있도록 문을 열어줬던 순간. 베리는 뿌듯하게 기억하고 있다. 그러니 마음을 놓을 수 있다, 정말로.

차가 다시 출발했다.

베리는 운전석을 바라봤다. 어딘가 유나와 닮은 이 사람이 아마도 세 번째 보호자가 되는 거겠지. 옛날에는 친한 척한다고 툴툴거렸다면, 이제는 아낌없이 애교도 부리고 사랑을 줘야겠다고 생각했다.

유나에게 주지 못한 걸, 훨씬 더 많이…….
유나와는 끝났지만 자신의 사랑이 끝난 건 아니니까.

순간, 신의 목소리가 들려왔다. 답답해하는 목소리였다.

―누가 끝났대?

―네?

―몇 번 산책하면 헤어지는지 알려주는 거잖아. 끝나는 게 아니고…….

―그러면…….

―잠시 헤어지는 걸 수도 있지. 네가 새 인간이랑 있는 동안.

원래 그러면 안 되는 건데, 신은 유나가 여름이 끝나기 전에 건강해져서 돌아오겠다고 다짐했다는 말까지 베리에게 들려주었다. 간단한 이야기였다. 헤어진다는 게 완전히 끝나는 건 아니다.

―다시 만날 수 있는 거죠? 이 아주머니랑 지내다 보면 다시 유나랑 사는 거죠?

대답은 없었지만, 유나와 다시 만날 수 있다는 것만 알면 됐다. 분명 유나도 그날을 기다리고 있으리라. 아마도 아주머니와 산책 숫자가 끝나면, 계속해서 함께 있을 수 있겠지.

아주머니의 산책 숫자.

몇 번이나 남았을까. 이제 보호자가 바뀐 상황이니까, 숫자도 새롭게 바뀌어 있으려나. 더는 숫자를 확인하지 않겠다고 다짐했건만, 궁금한 건 어쩔 수가 없었다. 그러니까 한 번만 볼까, 딱 한 번만…… 마지막으로.
"월."
이제는 굳이 설명하지 않아도, 저 개 소리가 무슨 뜻을 지녔는지 다들 알겠지.
그리고 숫자가 떴다.

'1234'

그래, 이 숫자였다. 천 번이 넘는 산책 횟수가 그대로였다. 이렇게 많이 남았다니. 이 아주머니와도 많은 시간을 보낼 수 있겠구나. 하지만 이내 불안이 밀려왔다. 이건 단순히 아주머니와 함께 하는 산책 횟수가 아니었다. 유나를 기다려야 하는 만큼의 산책 횟수이기도 했다. 마냥 기뻐할 수 없었다.

유나가 돌아오지 못하는 건 아닐까. 분명 여름이 되기 전에 돌아온다고 했다는데, 저건 몇 년을 산책해야 다 없어질 횟수인데. 베리는 유나를 다시 만나지 못할 것보다, 혹시 유나가 바라는 대로 몸과 마음의 건강을 되찾지 못할까 봐 더 불안했다.

왜 이 사실을 확인했을까.

후회됐다. 이럴 줄 알았다. 그렇게 깨닫고는 불안해서 또 이런 일을 저지르고 말았구나. 가슴이 아팠다. 넓은 마당이 있는 집에 도착해서도 내내 풀이 죽어 있을 수밖에 없었다.

아주머니는 그런 베리를 안았다.

"유나 보고 싶어서 그래?"

"멍……."

"기분 풀러 산책 갈까?"

다음 날 아주머니는 베리를 다섯 번이나 밖에 데리고 나갔다. 깨 밭, 유자 농장, 시장, 마을회관, 다시 시장. 거리에서 만난 사람들은 얼마나 다들 자신을 만져대는지, 다섯 번째에는 베리가 지쳐서 나가기 싫어할 정도였다.

"베리야, 나가야지."

그러고 밤에 두 번을 더 나간 게 엄청났다. 하루에만 일곱 번의 산책을 한 거였다. 베리는 피곤해서 어떻게 잠들었는지도 기억하지 못했다. 어쨌든 유나를 머지않아 볼 수 있는 건 확실했다. 다음 날은 열한 번, 그다음 날은 아홉 번 산책했으니까.

이렇게 살다 보면 선물처럼 유나가 나타나겠지.

그러니 베리는 오늘도 힘차게 세상으로 걸어 나간다. 마당을 나서는 아주머니를 따르며 신나게 짖었다. 유나 좋아, 사람 좋아, 다 좋아. 근데 이제 산책은 싫어. 너무 피곤해. 어제 아홉 번 나갔으니까 오늘은 그냥 집에 두고 다녀오면 안 되나요, 아주머니.

"멍!"

"됐고, 얼른 따라와."

그런 베리는 이제 더는 기도를 할 필요가 없는 강아지였다. 지금처럼 그냥 사랑하고, 그냥 사랑받으면 되니까.

작가의 말

이번 작업에 대한 회고

2015년, 겨울날.
서울시 중구의 어느 오르막을 달리는 자동차 안

T: 선생님
(고등학교 선생님 아님)
R: 류연웅
(고등학생임)

(류연웅의 대학교 수시 합격을 축하하려고 만난 자리

에서)

R   선생님, 감사해요.

T   뭐가?

R   오늘 점심도 사주시고, 커피도 제가 사려고 했는데…….

T   알면 됐다. (웃음) 근데, 나도 좋아서 하는 거니까, 막 심리적 부채 가질 필요는 없어.

R   제가 나중에 돈 벌면 갚겠습니다!

T   뭘 잘해. 그냥 대학 생활 잘해. 새로운 사람들 잘 만나고. 연애할 때도 밀당 같은 거 하지 말고.

R   그건 해야 하는 거 아니에요?

T   당연히 나랑 맞는 사람인지 탐색은 해야지.
근데 이 사람이다, 하면 그때부터는 재지 말고. 아닌 척하지 말고.
……무슨 말인지 모르겠지?

R   아니요, 상대한테 잘해주는…….

T   아니, 너를 위해서 잘하라는 거야. 후회 없이.
괜히 재다가, 나중에 헤어지고 나서야 '아, 그때 이렇게 할걸' 생각하면 손해다.

오히려 최선을 다하면 충분했다고 느낄 거고, 그게 마음이 편하더라고.

연애뿐만 아니라 그냥 관계에서, 모두 다.

(그리고 대학교에 입학한 이후)

저는 그날 나누었던 대화를 토대로 소설을 쓰고자 했고, 그로부터 거의 십 년이 지난 끝에 이 이야기를 완성했습니다. 단순히 원고를 쓰는 어려움보다는 그때 선생님에게 들었던 이야기가 현실적으로 가능한 것인지에 대한 의구심이 번번이 저를 가로막았습니다. 주는 것 이상으로 돌려받고 싶은 마음, 손해 보지 않는 삶을 추구하는 제 모습을 발견하고는 했으니까요.

그렇다고 이 완성된 책의 '작가의 말'을 작성하고 있는 제가 어떤 확신을 찾았다는 것은 아닙니다. 다만 작가가 이야기를 만드는 원동력이 '무언가에 대한 확신'이 아닌, '어떤 세계가 존재했으면 하는 기도와도 같은 마음'이라는 걸 어렴풋이나마 깨달았달까요.

그러니 이 책은 만약 제가 신이 된다면 마주하고 싶은 세계를 그려낸 것일지도 모릅니다.

모든 강아지가 자신에게 주어진 산책 횟수를 알 수 있는 세계. 그런 특별한 배려가 있는 세계 말입니다.

몇 번 산책하면 헤어지는지 아는 강아지

초판 1쇄 인쇄 2025년 6월 9일
초판 1쇄 발행 2025년 6월 16일

지은이 류연웅
펴낸이 이수철
주 간 하지순
편 집 방지민
디자인 박예진
영업관리 최후신
콘텐츠개발 전강산, 최진영, 하영주
영상콘텐츠기획 김남규
관 리 진호, 황정빈, 전수연

펴낸곳 나무옆의자
출판등록 제396-2013-000037호
주소 (10449) 경기도 고양시 일산동구 호수로 358-39 동문타워1차 703호
전화 02) 790-6630 팩스 02) 718-5752
전자우편 namubench9@naver.com
인스타그램 @namu_bench

ⓒ 류연웅, 2025

ISBN 979-11-6157-229-1 03810

* 이 책의 전부 또는 일부 내용을 재사용하려면
  사전에 저작권자와 도서출판 나무옆의자의 동의를 받아야 합니다.
* 잘못 만들어진 책은 구입하신 곳에서 바꾸어드립니다.